KB070621

엄마, 나 또 올게

그림 김정수

홍익대학교 미술대학 회화과에 재학 중이던 1983년 프랑스로 건너가 파리 헤이터 판화공방에서 수학했다. 진달래꽃이야말로 복을 기원하는 어머니의 마음을 축복의 메시지로 치환할 수 있는 소재이며, 한국인의 내면에 깃든 향수와 정서를 가장 잘 상징할 수 있다고 여기고 1995년부터 진달래꽃 그림을 그려왔다. '진달래' 작가로 더 유명하다. 현재 프랑스미술가협회 회원, 파리한글학교 건립추진위원으로 한국과 프랑스를 오가며 왕성하게 활동하고 있다.

「일러두기」

• 이 책에는 어머니 홍영녀 님의 글과 딸 황안나 님의 글이 번갈아 실려 있습니다.
• 어머니 홍영녀 님의 글은 1985년부터 1995년 사이에 쓴 것으로, 1995년 출간된 《가슴이 하고 싶었던 이야기》에서 가려 뽑은 것입니다.
• 딸 황안나 님의 글은 2004년부터 현재까지 저자가 개인 블로그에 올린 '어머니 이야기' 중 가려 뽑은 것입니다.

엄마, 나 또 올게

어머니 홍영녀 · 딸 황안나 지음

아흔여섯 어머니와 일흔둘의 딸이 함께 쓴
콧등 찡한 우리들 어머니 이야기

위즈덤하우스

어머니의 일기장

1995년 여름 방학이 끝나갈 무렵, 서울 친정집에 갔을 때의 일이다. 어머니 옷장에서 무얼 찾다가 서랍에서 어머니의 일기장 8권을 발견했다. 그것은 한마디로 충격이었다.

우리 어머니는 학교 교육이라곤 받아본 일이 없는 무학이시다. 게다가 그때는 10년 가까이 병환에 시달리고 계셨다. 그런 어머니가 그렇게 많은 글을 썼으리라고는 꿈에도 생각지 못했다. 그 글들을 어머니 모르게 집으로 싸 가지고 와 며칠을 읽었다.

비록 서툰 글씨에 맞춤법도 엉망이었지만, 글이 주는 감동은 이루 말할 수 없었다. 그냥 묵혀두기엔 너무나 아까웠다. 자식의 입장에서는 더욱 그랬다. 동생들과 상의한 끝에, 마침 그 해가 어머니의 팔순이니 책으로 묶어 잔치에 오시는 친지들에게 나눠드리기로 했다.

몇 달간 어머니의 글들을 정리하며 참 많이도 울었다. 아홉 달배기로 세상을 떠난 내 동생 무남이 이야기와 마흔아홉 살에 돌아가신 외할머니 이야기는 옮겨 쓰다 말고 눈이 붓도록 울었고, 자식들을 기다리는 대목에선 불효를 저질렀다는 자책감에 빠지기도 했다.

바쁘다는 핑계로 자주 찾아뵙지 않은 것이 가슴 아팠다.

어머니의 글에는 자식들에 대한 애절한 사랑, 돌아가신 분들을 향한 그리움, 동기간의 고마움, 자연에 대한 사랑, 그 밖에 일상에서 보고 듣고 느낀 것들이 진솔하게 나타나 있었다.

한 가지 아쉬웠던 점은 여기저기 순서 없이 날짜도 없이 써놓으셔서 연도별, 날짜별로 정리할 수가 없다는 것이었다.

어머니는 나중에야 우리들이 어머니의 글을 모아 책을 내려고 하는 것을 알고 누구 망신시킬 일 있느냐며 펄펄 뛰셨다. 마치 발가벗겨진 느낌이라고 하셨다.

어머니의 책 《가슴이 하고 싶었던 이야기》는 그렇게 1995년 겨울, 어머니의 팔순 잔치에 맞춰 세상에 나왔다.

책이 출간되자, 많은 독자들이 관심을 가져주었다. 덕분에 어머니의 책이 서점가에 널리 알려져 출간된 주에 베스트셀러 목록에 들기도 했다. 신문과 방송을 통해서도 여러 번 소개되었고, 숱한 어르신 한글학교에서 어머니의 책을 교재로 썼다.

우리말 연구가이자 아동문학가로 유명한 故 이오덕 선생님께서는 전국 글쓰기 지도교사들에게 《가슴이 하고 싶었던 이야기》를 적극 추천하셔서, 당시에는 문예담당 지도교사들 중에 어머니의 책을 가지고 있는 분들이 꽤 많았다.

더구나 책을 출간한 지 10년이 지나 이제 사람들의 기억에서 차츰 잊힐 무렵, KBS 〈인간극장〉에서 어머니의 이야기를 촬영해 5부작으로 방송한 일이 있었다. '그 가을의 뜨락'이라는 제목의 그 방송은 그 후 지금까지도 해마다 가을이면 인간극장스페셜로 재방송된다.

방송이 나간 후, 많은 분들이 어머니의 책을 구할 수 없느냐고 연락을 해왔지만, 책이 절판되어 안타까울 뿐이었다. 그런 와중에 모 출판사에서 개정판을 내자는 제의가 들어왔고, 듣던 중 반가운 일이어서 즉각 수락했다. 원고를 보내놓고 몇 달간 해안일주 도보여행을 다녀와 출판사에 진행 상황을 물었더니, 그새 담당 편집자가 그만두는 과정에서 일은 흐지부지되고 출판사에서 가져간 어머니 일기장은 분실된 상태였다. 수차례에 걸쳐 출판사에 연락을 했지만 실무자가 바뀌어서 찾을 수 없다는 답변만 돌아왔다. 지금도 이해할 수 없는 일이다. 우리 가족에게는 너무나 소중한 어머니의 일기장인데 분실했으니, 동생들 볼 낯도 없고 지금까지도 두고두고 속상하다.

그 일이 있은 지 5년여가 지난 작년 11월, 위즈덤하우스 출판사로부터 전화 한 통을 받았다. 내가 블로그에 올리고 있던 '어머니 이야기'를 보고는 책으로 냈으면 한다는 내용이었다.

나는 2004년 무렵부터 블로그를 만들어 운영하고 있다. 사실 처음엔 블로그란 게 어떤 건지도 몰랐다. 블로그를 처음 접한 것은 오랫동안 사진기자로 근무한 큰아들의 사진을 보기 위해 매일 아들 블로그를 드나들면서부터였다.

그러던 어느 날, 인터넷 창 한쪽에 '블로그 만들기'라는 글이 보였다. 호기심에 꾹 눌렀더니 블로그가 만들어졌고, 제목을 정하라기에 잠시 생각하다가 '맛있게 살기'로 했다. 그렇게 시작한 블로그여서 짜임새도 없고 방도 생각나는 대로 올망졸망 만들어놓아 어수선하기만 하다.

그중에는 '어머니 이야기'라는 방도 있다. 《가슴이 하고 싶었던 이야기》를 읽고 싶어 하는 분들을 위해 어머니의 글들을 추려 조금씩 올리고, 매주 어머니를 찾아뵈면서 있었던 이런저런 일화들을 기록하는 공간이다. 위즈덤하우스에서는 그곳에 올라온 어머니의 글과 내가 쓴 어머니 이야기를 한데 묶어서 책으로 냈으면 한다는 것이었다.

그때그때 즉흥적으로 써 올린 글들이라 책에 싣기엔 부족한 점이 많았지만, 어머니의 글이 다시 책으로 출간된다는 것이 너무 기뻐 대번에 수락했다. 더구나 어머니가 병석에 계셔서 돌아가시기 전에 다시 한 번 책을 안겨드리고 싶은 간절한 소망도 있었다.

다만, 일기장을 분실해 이번 책에 어머니의 친필을 함께 실을 수 없는 아쉬움만은 지금도 짙게 한쪽 가슴을 채우고 있다.

여러 가지 일로 바쁘다보니 마감 날짜를 제대로 지키지 못했고, 글도 잘 다듬지 못했다. 부족한 글이 부끄럽기 짝이 없지만, 이 작은 책이 많은 사람들에게 다시 한 번 부모님을 떠올리게 되는 계기가 되어준다면 더 없이 기쁘겠다.

더욱 기쁜 건 내가 가장 좋아하는 이해인 수녀님께서 추천사를 써주셨고, 김정수 화백님의 그림을 좋아해서 전시회에도 갔었는데, 바로 그분의 그림이 이 책에 함께 실린다니 얼마나 기쁘고 감사한지 모른다.

끝으로 어머니 책이 다시 나올 수 있도록 수고해주신 위즈덤하우스 출판사에 깊은 감사를 드린다.

2011년 5월
딸 황안나

1995년 발견한 어머니의 일기장 8권

나의 글

내 글은 남들이 읽으려면 말을 만들어가며 읽어야 한다.

공부를 못해서 아무 방식도 모르고 허방지방 순서도 없이 글귀가 엉망이다.

내 가슴 속에는 하고 싶은 이야기가 꽉 찼다. 그래서 무언가 이야기를 하고 싶어 연필을 들면 가슴이 답답하다. 말은 철철 넘치는데, 펜 끝은 나가지지 않는다. 글씨 한 자 한 자를 꿰맞춰 쓰려니 얼마나 답답한지 모른다.

그때마다 자식을 눈뜬장님으로 만들어놓은 아버지가 원망스럽다. 글 모르는 게 한평생 끌고 온 내 한이었다.

초등학교 문턱에라도 가봤으면 글 쓰는 방식이라도 알았으련만, 아주 일자무식이니 말이다. 이렇게 엉터리로라도 쓰는 것은 손자들 학교 다닐 때 어깨너머로 몇 자 익힌 덕분이다.

자식들이나 동생들한테 전화를 걸고 싶어도 못했다. 숫자는 더 깜깜이었으니까. 그래서 나이 칠십이 가까워서야 손자인 인성이한테 숫자 쓰는 걸 배웠다.

밤늦도록 공책에 1, 2, 3, 4를 100까지 썼다.

내 힘으로 딸네 집에 전화를 하던 날을 잊지 못한다. 숫자를 누르고 신호가 가는 동안 가슴이 두근두근 터질 것만 같았다. 내가 건 전화로 통화를 하고 나니 장원급제 한 것보다 더 기분이 좋았다. 너무 신기해서 동생네도 하고 자식들한테도 자주 전화를 했다.

나는 텔레비전을 보며 메모도 가끔 한다. 딸들은 그 메모를 보면서 저희들끼리 죽어라 하고 웃는다.

한번은 딸 친구에게서 전화가 왔다. 약속 장소를 불러주기에 적었는데, 동대문에 있는 '이스턴호텔'을 '이슬똘 오떼루'라고 적은 일이 있다.

딸들은 지금도 그 얘기를 하며 웃는다. 그러나 딸들이 웃는 것은 이 엄마를 흉보는 게 아니란 걸 잘 안다.

그래도 나는 내가 써놓은 글들이 부끄럽다. 그래서 이 구석 저 구석에 숨겨놓는다. 하지만 이만큼이라도 쓰게 된 것은 참 다행이다.

이젠 손자들이 보는, 글씨 큰 동화책을 읽을 수도 있다. 그래서 《인어공주》도 읽었고 《잭과 콩나무》도 읽었다.

12

세상에 태어나 글을 모른다는 게 얼마나 답답한 일인지 모른다. 이렇게나마 잠 안 오는 밤에 *끄적끄적* 몇 마디 남길 수 있게 되었으니 더 바랄 게 없다. 말벗이 없어도 종이에다 내 생각을 옮기니 좋다.

자식을 낳으면, 굶더라도 공부만은 꼭 시킬 일이다.

1995년 가을
엄마 홍영녀

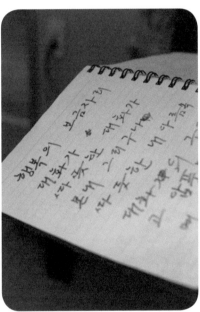

차례

「진달래-기억의 저편」 71×55cm, 아마포 위에 유채, 2007

푸른 잎도 일생 푸를 수 없다.

젊은 청춘도 세월이 흐르면

어느덧 간 곳 없다.

인생이란 풀잎의 이슬,

한 떨기 낙엽과 같다.

우리 무남이

옛말에 이르기를 부모가 죽으면 청산에 묻고 자식이 죽으면 가슴에 묻는다더니 그 말이 하나도 틀린 데 없다.

우리 무남이 죽은 지 50년이 넘었다.

지금 생각해도 눈물이 절로 난다.

무남이는 생으로 죽였다. 어미가 미련해서 죽였다.

우리 시아버님 상 당했을 때는 무남이 난 지 일곱 달 되어서였다. 그때 돈암동 살던 동생 순일이가 장사 치르는 데 무남이 데리고 가면 병 난다고 두고 가랬다. 우유 끓여 먹인다고, 그 비싼 우유까지 사 와서 데리고 가지 말라고 말렸다.

그러나 어린것을 차마 두고 갈 수 없어 데리고 갔다.

동생이 젖 먹일 시간 있겠냐며 우유를 가방에 넣어주었다.

시댁에 도착하자마자 상제 노릇하랴 일하랴 정신이 없었다.

무남이는 동네 애들이 하루 종일 업고 다녔다.

무남이는 순해서 잘 울지도 않았다. 어쩌다 어미와 마주치면 어미한테 오겠다고 두 팔을 벌리곤 했다.

젖이 퉁퉁 부었어도 먹일 시간이 없었다. 그런데 애들이 무남이가 우니까 우유를 찬물에 타 먹였다. 그게 탈이 났다. 똥질을 계속했다.

시아버님 돌아가시자 시어머님이 앓아누우시게 되었다. 그 경황에 자식을 병원에 데리고 갈 수도 없었다. 그땐 애를 병원에 데리고 가는 것도 흉이었다. 약만 사다 먹였는데, 이번엔 시어머님이 또 한 달 만에 돌아가셨다.

초상을 두 번 치르는 동안에 무남이의 설사는 이질로 변했다.

애가 배짝 마르고 눈만 퀭했다.

두 달을 앓았으니 왜 안 그렇겠나.

그제야 병원에 데리고 가니까 의사가 고개를 절레절레 저으며 늦었다고 했다. 그땐 남의 집에 세 들어 살았는데, 주인집 여자가 자기 집에서 애 죽는 것이 싫다고 해서 날만 밝으면 애를 업고 밖으로 나갔다.

옥수수밭 그늘에 애를 뉘여놓고 죽기를 기다렸다. 그러다 날이 저물면 다시 업고 들어갔다.

지금도 그때 생각을 하면 눈물이 나서…….

애를 업고 밭두렁을 걸어가면 등에서 가르릉가르릉 가느다란 소리가 났다. 그러다 소리가 멈추면 죽은 줄 알고 깜짝 놀라 애를 돌려 안고 "무남아!" 하고 부르면 힘겹게 눈을 뜨곤 했다.

사흘째 되는 날인가, 풀밭에 애를 뉘여놓고 들여다보며 가여워서 "무남아!" 하고 부르니까, 글쎄 그 어린것 눈가에 눈물이 흘러내렸다.

그날 저녁을 못 넘길 것 같아서 시집올 때 해온 깨끼 치마를 뜯어서 무남이 입힐 수의를 짓는데, 어찌나 눈물이 쏟아지는지 바늘귀를 꿸 수 없어서 서투른 솜씨로 눈이 붓도록 울면서 옷을 다 지었다.

겨우 숨만 걸린 무남이에게 수의를 갈아입히니 옷이 너무 커서 어깨가 드러났다. 얇은 천이라서 하얗고 조그만 몸이 다 비쳐 보였다.

그렇게 안고 들여다보고 있으려니 첫닭 울 때 숨이 넘어갔다. 죽은 무남이를 들여다보니 속눈썹은 기다랗고, 보드라운 머리칼은 나슬나슬하고, 고사리 같은 작은 손이 어미 가슴을 저며 내는 것 같았다.

나는 이 얘기를 할 때마다 울지 않고는 못 배긴다.

게다가 그땐 이 어미가 얼마나 독하고 야박스러웠나 몰라. 무남이 싸 안았던 융 포대기나 그냥 둘 걸, 물자가 너무 귀한 때라 융 포대기를 빼냈었다. 그러고는 헌 치마에 새처럼 말라

깃털 같은 무남이를 쌌다.

즈이 아버지가 주인 여자 깨기 전에 갖다 묻는다고 깜깜한 데 안고 나가 묻었다. 어디다 묻었냐고 나중에 물으니까 뒷산 상여집 뒤에 묻었단다. 그땐 왜정 때라 부역하듯이 집집마다 일을 나갔는데, 나도 나오래서 밥도 굶고 울기만 하다 나갔더니 하필이면 일하러 가는 곳이 상여집 뒷산이었다.

그곳을 지나며 보니까 새로 생긴 듯한 작은 돌무덤이 봉긋하게 있어서 그걸 보고 그냥 그 자리에 가무러쳐서 정신을 잃었었다.

아, 지금 생각하면 무남이는 생으로 그냥 죽였다.

제때 병원에만 갔으면 살았을 텐데…… 오라비 말만 들었어도 살았을 거야. 그 생각을 하면 내 한이 하늘에까지 뻗칠 것 같다.

죽으려고 그랬는지 그 녀석은 업고 나가면 다 잘생겼다고 했지. 순하긴 또 왜 그렇게 순했나 몰라.

태어난 지 아홉 달 만에 죽은 우리 무남이.

쓸쓸한 바람 부는 계절이 오면 깨끼옷 입은 불쌍한 무남이가 추울 것만 같아서 가슴이 저리다 못해 애간장이 다 녹는 것 같다.

가여운 내 새끼야, 이 어미를 용서해다오.

아가야, 가여운 내 아가야.
어미 때문에, 어미 때문에.
아가야, 불쌍한 내 아가야.

열 손가락에 불 붙여 하늘 향해 빌어볼까,
심장에서 흐른 피로 만리장서 써볼까,
빌어본들 무엇하리, 울어본들 무엇하리.

아가야, 아가야.
불쌍한 내 아가야.

내 사랑하는 아가야.
피어나는 국화꽃이 바람에 줄기째 쓰러졌다고 울지 말아라.
겨우내 밟혀 죽어 있던 풀줄기에서
봄비에 돋아나는 파란 새움을 보지 않았니.
돌쩌귀(돌멩이)에 눌려 숨도 못 쉬던 씨 한 알이
그 돌을 뚫고 자라 나온 것도 보았지.
뿌리가 있을 동안은 울 까닭이 없다.
생명이 있는 동안은 울 까닭이 없다.

밝은 아침에 해가 솟아오를 때 눈물을 씻고
뜰 앞에 서 있는 꽃줄기를 보아라.
햇빛에 빛나는 꽃잎을 보아라.

아가야, 눈물을 씻어라.
초롱초롱한 눈망울로 웃어보아라.
쥐암쥐암 손짓 재롱을 부려보아라.
옹알옹알 옹알이로 조잘대보아라.
예쁜 나의 아가야.

우리 아기 피리를 불어주마.
우리 아기 우지마라.
네가 울면 저녁별이 숨는다.

어려서 죽은 무남이를 생각하며……

나의 시집살이

글이 마음먹은 대로 안 써지니 아버님 원망스러운 마음이
또 생긴다.

딸자식은 안 가르쳐도 된다고 재산 모으는 일에만 신경을
쓰셔서, 내 나이 여덟 살 때부터 나가 놀지도 못하게 하시고
직조만 짜게 하셨다.

키가 작아 직조틀에 앉지도 못하고 발이 안 닿아 서서 짰다.
그렇게 해서 나는 10년 동안 꼬박 직조틀에서 살았고, 아버지
는 해마다 가을이면 땅을 샀다.

그 힘든 일을 해내며 직조틀에서 키가 자랐다.

글자 한 자 안 가르치고 인조만 짜게 한 아버지가 지금도 원
망스럽다.

내 나이 열아홉 살 되던 그해 음력 2월 그믐날 결혼을 했다.

시집을 가고 보니 집도 없는 데로 속아서 간 걸 알았다. 남편

은 열여덟 살인데, 너무나 숫기가 없어 나를 잘 바라보지도 못하고 말도 못 붙였다.

식구로는 서른여섯 살 된 시아버님, 서른아홉 살 된 시어머님, 스물한 살 된 아버님의 첩, 열세 살 된 시누이, 아홉 살 된 시동생, 이렇게 다 해서 일곱 식구였다.

그런데 젊은 시부모의 시집살이가 그렇게 무섭고 고될 수가 없었다.

마음 의지할 데가 없고 서러워 다 무섭기만 하였다.

시어머님 방에서 긴긴 겨울밤 내내 등잔불 아래서 바느질을 했고, 12시 전에는 내 방에 든 적이 없었다.

그리고 새벽 5시에 일어나 세수하고 시간밥을 지었다.

조반 전에 시아버님한테 들어가 아침 인사 올리고 안방에 들어가 시어머님한테 절 올리고 아침상을 드렸다.

남편이란 사람은 제일 먼저 먹고 나가고, 다음에 시동생들 벤또(도시락) 싸고, 시동생들 먹고 학교에 간 다음에는 시아버님과 따로 두 시어머님 조반상 차려 올리고 나는 부엌에서 먹었다.

그 다음에는 설거지하고, 집 안 청소 마치고, 두 시어머님 고무신 뽀얗게 닦아 일으켜 세워놓고, 하루에 물 열 동이를 길어 와야 했다.

친정에 있을 때는 집안일을 해본 적이 없었다. 직조틀에만 매달리어 있다가 시집을 왔으니 살림을 아는 게 없었다.

그러다 그 무서운 시집살이를 하니, 얼마나 고생이 되고 힘에 부치고 무서웠는지 모른다.

처녀 때는 물 한 번 길어보지 않아 일도 잘 못했다. 물동이를 잘 일줄 몰라서 물이 다 쏟아지고 젖은 앞치마가 땡땡 얼어 뻗쳐 당길 수가 없었다.

지금도 그때 생각만 하면 몸서리가 쳐진다.

한번은 남편이 내가 딱했던지 물동이를 받아주었는데, 시아버님께서 보시고 계집만 아는 놈이라고 화로가 날아갔었다.

항상 불안하고 무서웠다.

그러다 결혼한 지 7년 만에 경화가 태어났다. 음력 3월 13일 새벽 5시, 용띠 딸이었다.

아이가 마음의 의지가 되어주었다.

경화는 무럭무럭 잘 자라주었다. 그 흐뭇하고 대견한 마음 헤아릴 수 없다.

1

내 일생을 되돌아보면 전생에 죄를 많이 짓고 태어났는지도 모른다.

내 나이 열아홉 살에 결혼했는데 어찌나 시집살이가 매웠는지 고추가 매운들 그보다 더 매웠으랴. 새벽 5시면 일어나 시간밥을 지어야 했고, 매일 아침 축대 아래 우물에 가서 물 열 동이를 길어 날랐다.

겨울이면 손등이 갈라지고 터져서 피가 흘렀다. 온종일 허리가 휘도록 일을 하고, 밤 12시나 새벽 1시가 되어야 잠자리에 들었다.

시어머니는 초저녁엔 실컷 주무시다가 12시가 되면 그때야 일어나셔서 화투로 운을 떼셨다. 잠은 쏟아지는데 자라는 말씀이 없으셔서 미칠 것만 같았다. 약주에 취한 시아버님은 새벽 1시나 2시에 들어오셔서 주사로 날이 샜다. 잠 한 잠 못 자고 그냥 뜬 눈으로 나가 조반을 지었다.

어찌나 몸이 고달픈지 친정 생각하며, 밤마다 우리 외할머님 생각하며 흐르는 눈물로 베개를 적셨다.

나이 어린 남편은 아내가 아무리 시집살이가 고되어도 아무것도 몰랐다. 손등이 얼어 터져 피가 나도록 고생을 해도 무관심했다. 그러니 서러워도 남편한테 하소연 한마디 못했다. 아무리 나이 어린 신랑이라 하나 그럴 수는 없었다.

그때는 정말 기가 막히고 절벽에 부닥친 듯 천지가 아득했었다.

여자는 남자 집에 발 한 번 잘못 들여놓으면 일생을 망친다.
이제와 생각하면 걸어온 길이 너무나 험한 가시밭길이었다.

외로운 들창에 흔들리는 나무 그림자,
돌아눕는 어깨가 시리다.

「진달래 - 이딸의 어머니들을 위하여」, 30 × 30cm 돌 위에 유채, 2005

그리운 어머니

우리 어머님 세상 뜨신 지 50년이 넘었구나.

너무나 일찍 세상 뜨신 우리 어머님을 생각하면 억울하고 한이 맺힌다. 나는 이렇게 오래 사는데, 우리 어머니는 마흔아홉 살에 가시다니 말이 안 된다.

남들 어머니 오셨다 가시는 걸 보면 그렇게 부러울 수가 없었다.

우리 어머니 돌아가시기 며칠 전, 어린 순임이와 순무를 무릎 위에 앉히시고 이것들 두고 어떻게 눈을 감느냐고 한탄을 하시며 우실 때, 애간장이 다 녹는 듯하였다.

그때 우리 형제로는 순낭이 스물두 살, 순옥이 열여섯 살, 순관이 열세 살, 순임이 아홉 살, 우리 가여운 순무 다섯 살이었다.

어머님 운명하실 때 아버님께 여쭈려고 사랑방에 나가니 어린 순무는 아무것도 모르고 팽이 가지고 방에서 팽이치기 하느라 이리 뛰고 저리 뛰고 야단이었다. 그것을 보니 뼈가 다 녹는 듯 가슴이 아프고 정신이 아찔하였다.

그래도 어린 순임이는 엄마 돌아가신 줄 아는지 어머님 발인해 모실 때 문짝 뒤에서 훌쩍훌쩍 울어서 그걸 보고 안 우는 사람이 없었다.

그런 것들 두시고 우리 어머님 어떻게 이 세상 뜨셨을까,

어떻게 저승길 떠나셨을까,

어머님은 젊어 세상을 뜨셨는데,

어찌하여 나는 이다지 오래 살까.

1

어머니!

이 나이에도 어머니를 부르면 눈물이 납니다.

어머니의 은혜는 죽어도 못 갚고 머리카락을 베어 신을 삼아드려도 못 갚습니다. 이 여식은 살아생전 어머니 가슴에 못이 되었습니다.

모처럼 딸네 집에 오셔도 따듯한 방 한 칸이 없어 병드신 몸으로 다다미방에서 추워 떠시던 생각을 하면 억장이 무너지는 듯합니다.

금쪽같이 귀하게 기른 딸자식이 남들처럼 잘 사는 것을 못

보시고 노심초사 이 여식을 불쌍하게 여기시어 병드신 몸으로 무엇이든지 아낌없이 이것저것 해 오셨지요.

어머니, 불쌍하신 우리 어머니, 다시 한 번 불러봅니다.

돌아가시기 바로 직전 그 몸으로 맷돌에다 밀가루 갈아 오시고, 쌀이며 김장이며 마늘, 고추, 밤, 감, 곶감 뭐든지 다 보내셨지요.

애를 낳아도 어머니만 믿고 마음이 든든했지요.

어머니 그늘에서 아무 근심 걱정이 없었습니다.

그러나 어머니 돌아가시고 나니 살 기력조차 없고 앞이 캄캄했지요.

어머니, 그 어린것들을 두고 어찌 눈을 감으셨습니까?

칠남매 두고 가시는 저승길이 얼마나 막막하고 얼마나 눈물이 앞을 가리셨습니까?

우리 불쌍하신 어머니, 우리 칠남매 기르시던 생각하면 너무나 고생이 많으셨지요. 호강 한번 못해보시고, 마른자리 한번 편히 못 누워보시고, 너무너무 억울하게 일찍 돌아가셨지요.

그러나 어머니, 이제 세월이 흘러 우리 칠남매 같이 늙어가고 있습니다.

어머니, 쉰도 못 사셨으니 자식들이 얼마나 한에 맺혔겠습니까. 불쌍하신 우리 어머니, 이 불효 여식을 용서하소서.

어머니, 어머니.
불러도 못 오시는 우리 어머니.
비에 젖은 남치마 자락,
귀신도 포기한 세상,
꿈에라도 오소서.

2

부모는 열 자식을 거느린다.
그러나 자식은 한 부모를 못 모신다.
부모는 그런 자식을 거느리며
그날그날이 마냥 행복하기만 하다.
그 시절이 마냥 그립도다.
코스모스 피고 지고,
우리 어머님의 손을 잡고 어찌하여 못 잊느냐.
불러보아도 불러보아도 대답 없으신 우리 어머님.
손발이 터지도록 일만 하시던 우리 어머님.
꿈에라도 오소서, 먼빛으로라도 오소서.

3

가을은 점점 깊어만 간다.

싸늘한 바람에 쓸쓸한 낙엽만 이리저리 뒹굴어 다닌다.
우리 불쌍하신 어머니 산소에는
마른 풀잎만 날리고 있겠지.
이 추위를 어머니는 마른 풀잎만 덮고 어찌 이겨내실까.
어머니 생전에 딸 노릇 한 번 제대로 못했다.
어머니 생각을 하면 가슴에 눈물이 고여 넘친다.
어머니, 우리 어머니, 불쌍하신 우리 어머니,
마흔아홉에 세상 뜨신 우리 어머니.

외갓집에서의 추억

산 밑에 옹기종기 집들이 다정하고 살구꽃이 구름처럼 피어
나던 그 마을이 우리 외갓집이었다.

그 시절, 우리 할머님 치맛자락 붙들고 다니며 어리광을 부
렸었다. 어리광 받아주시던 그 외조부 외조모님의 귀여움 받
으며 호의호식하며 살던 그 시절이 그리워라.

우리 외조모님께선 이 불효 손녀를 불면 날까 쥐면 꺼질까
하시며 기르셨다.

그러나 나는 그 공을 모른다.

자랄 때는 외가댁이 너무너무 풍성해서 어려움을 모르고 자
랐다. 너무나 호강을 하며 귀여움을 한 몸에 받았다.

그런데 나는 너무나 불효막심하였다.

우리 외조모님 극락세계로 가소서.

이 여식을 용서하소서.

지하에 계신 우리 할머님.

1

어린 시절 이리 뛰고 저리 뛰며 가을이면 밤나무에서 밤 아
람 따먹고 감나무에선 감 연시 따 먹고 오곡이 풍성하며, 할아
버지 할머니한테 귀염 받으며 호의호식하며 자라던 그때가 새
삼 그립구나.

이제는 이 몸도 팔십 고개 오르니,

그립고 잊지 못할 우리 외조모님을 따르게 되었다.

소리 없는 그 세월에 어느덧 검은 머리 파뿌리 되어

서산에 지는 해에, 바람에 흰 머리카락 날리며

쓸쓸한 이 마음.

덧없는 인생

1

푸른 잎도 일생 푸를 수 없다.

젊은 청춘도 세월이 흐르면 어느덧 간 곳 없다.

인생이란 풀잎의 이슬, 한 떨기 낙엽과 같다.

자식이 많다 해도 무릎 위의 자식이지

성장하면 다 훨훨 날아가고 빈 둥지만 남는다.

쓸쓸한 들판에 반겨주는 이 없이 홀로 핀 들국화 같이,

가을바람 부는 강둑의 외로운 갈대와 같이

마음이 쓸쓸하다.

앙상한 나뭇가지에 앉은 저 새 한 마리, 내 곁으로 돌아오라,

돌아오라, 고독한 내 곁으로.

억새꽃 같이 억세게 한평생을 살아야 했다.

행여나 나아질까, 나아질까, 하며 힘든 세월을 이겨냈다.

허망한 꿈에 희망을 걸고 억세게 억세게 살아왔도다.

2

내 인생은 참 허망하다.
책을 써도 몇 권이 될 시집살이를 살았는데,
나는 자식살이를 한다.
이 나이에도 병든 몸으로 꾸무럭대야 밥을 먹는다.
내가 해 먹는 밥이 서러운 게 아니라,
아무도 마주하는 이 없는 밥상이 슬프다.

3

허공에 뜬 이 마음,
하늘의 별처럼 이 가슴에는 수심이 많다.
겨울바람에 부딪히는 갈대와 같은 이 몸,
절벽에 선 소나무 같다.
해가 뜨고 달이 뜨고 지고,
외로운 강둑에 해당화야, 꽃 한 송이 누구를 기다리나.
명사십리 해당화야, 꽃이 진다 서러워 마라.
내년 춘삼월에 또다시 피고 지고.
우리 인생은 한 번 가면 못 오나니
우리 인생길이 들꽃 같도다.
사는 것이 하루살이나 진배없다.

4

왔는가 하면 가는 것이 봄이더냐.
봄이 가면 여름이 오고 여름 가면 가을 오고
가을 가면 엄동설한 겨울 오고,
유수와 같은 세월.

5

억새꽃이 허옇게 피었더니
어느새 바람에 부대끼며 하얗게 마른다.
세월은 참으로 빠르구나.
어느덧 또 한 해가 가는구나.

6

강물이 흘러 흘러가는 곳이 어디인가.
인생살이 속절없이 흘러간다.
가슴에 손을 얹고 조용히 생각하면
작별의 설움이 빗물처럼 고인다.

7

이 내 몸, 꽃 같은 내 청춘, 한 많은 이 세상.

가는 줄 모르게 어느덧 팔십 고개 오르니
서리 맞은 들국화 바람에 시들듯이
늙고 병들어 시들어졌다.
항상 외롭고 쓸쓸하다.
마음은 허전하고 텅 빈 이 가슴에 한도 많고 설움도 많다.
내 앞엔 아무도 없다.
아무리 곱고 아름다운 꽃이라도
시들면 오던 나비도 멀어지고 외로움만 남는다.

8

아아, 눈물 속에 봄비가 내리네.
두 뺨에 흘러내리는 것은 빗물인가.
계절은 봄인데 내 마음은 쓸쓸하다.
마음은 허전해도 남 보기엔 만족한 듯
서운함을 감추고 살아간다.
해가 지면 밤인가 하고, 해가 뜨면 날이 새었나 하며 산다.
내 생활은 그날이 그날이다.

9

모진 바람에 속절없이 지는 꽃.

애처로워라, 애처로워라.

10

내 마음 속에 낀 근심처럼 하늘에 시커멓게 구름이 끼더니
내 가슴의 응어리가 터져 소낙비가 내린다.
모란 잎에 떨어져 구르는 빗방울들이
쏟아지는 내 눈물 같다.
팔십 평생을 살아왔건만 돌아보면 흔적도 자취도 없다.
언젠가는 껍질 같은 이 몸도
자취 없이 흙으로 돌아가리라.

우리 가족 이야기

어머니는 남양 홍씨 집안의 칠남매 중 맏이로 태어났다. 외할아버지가 한학자셨음에도 딸들은 가르치지 않았기 때문에, 어머니는 학교에 가는 대신 아홉 살 때부터 열아홉 살에 결혼하기 전까지 직조틀에 매달려 인조견을 짰다고 한다. 어머니의 친정은 일꾼도 여럿 두고 농사를 크게 짓는 부농이었다. 어렸을 적에 외갓집 광에 들어가면 과일이나 곶감, 말린 굴비두름이 걸려 있던 생각이 난다. 딸자식 가르치는 것을 흉으로 여기던 시절이라 글을 배우지는 못했지만, 어머니는 비교적 풍족한 집안의 맏딸로 부모님의 사랑을 듬뿍 받으며 자랐다.

아버지와 결혼한 후에는 강화도 친정을 떠나 해방되던 해까지 시부모님을 모시고 개성에서 살았다. 나도 그곳에서 태어났다. 그 시절, 내 바로 아래로 태어난 남동생 무남이를 시댁 일로 제대로 돌보지 못해 돌 안에 잃으셨는데, 평생 회한 속에 사셨다. 무남이가 나보다 두 살 어리니, 살아 있다면 올해 칠순을 맞는다.

1995년 어머니 모습   1958년 어머니 모습

1958년 가족사진

설마 죽기야 하겠냐!

1983년 겨울, 남편이 하던 사업이 망해서 빚만 남게 되었다. 채권자들이 내가 근무하는 학교까지 찾아왔고, 학생들이 보는 앞에서 복도로 불려 나가 별별 수모를 다 겪었다. 다달이 내 월급을 몽땅 다 내놓아도 빚을 갚기엔 턱 없이 부족했다. 주변 어디서도 돈 한 푼 마련할 곳이 없어 막막한 상황이었다.

그러던 어느 날, 채권자가 보낸 빚을 대신 받아주는 무서운 해결사가 내가 사는 사글세 단칸방으로 찾아왔다. 아예 세면도구까지 챙겨와 돈을 해줄 때까지 가지 않겠다는 것이었다. 너무 무섭고 겁이 나서 아무런 대책도 없이 며칠 후면 갚을 수 있다는 다짐을 하고 돌려보냈다.

나도 모르게 발길이 친정으로 향했다.

친정이라야 아버지도 돌아가시고 어머니 혼자 동생들과 어렵게 살아가는 형편이었다. 넋이 다 나가다시피 한 딸을 보신 어머니는 "아이구, 이것아, 정신 차려라. 너 이러다 죽겠다!" 하시며 눈물을 흘리셨다.

그날 밤 어머니와 나는 밤새 뒤척이느라 잠을 자지 못했다.

다음날 아침, 어머니는 안양에서 비교적 풍족하게 살고 있는 왕고모님을 찾아가 보자며 길을 나섰다. 밖에는 살을 에는 찬바람이 부는데, 변변한 코트 하나 없이 허술한 스웨터에 낡은 목도리를 두르고 앞서 걸어가는 어머니 모습을 보니 얼마나 가슴이 아프고 죄송스럽던지 가슴을 난도질당하는 것 같았다.

성북에서 전철을 타고 청량리에서 다시 수원행으로 갈아탔다. 옆에 앉은 어머니는 틈틈이 내 손을 꼭 잡아주셨다. 낙심하지 말고 기운을 차리라는 무언의 격려였다.

왕고모님 댁은 안양 시내에서 좀 떨어져 있었는데, 그때만 해도 들판을 한참 걸어서 가야 했다. 오랜만에 찾아가는데 빈손으로 갈 수 없다며 어머니는 과일 한 봉지를 사셨다.

소가 도살장 끌려 들어가듯이 대문 안으로 들어서니 친척 아주머니가 반갑게 맞아주셨다.

집 안으로 들어서니 얼굴이 비칠 듯이 반들반들한 노란 장판이 깔린 안방에 자개장이 번쩍이는데, 더욱 주눅이 들었다. 쟁반에는 비싼 과일이 수북하게 담겨 있었다. 우리가 사간 과일 봉지가 더욱 초라해 보였다.

찾아간 목적과는 전혀 관계가 없는 이야기만 한참을 오갔다.

그러다가 드디어 어머니가 돈 이야길 꺼내셨다. 그 얘길 꺼내실 때, 어머니의 마음이 오죽했으랴! 아마도 대단한 용기가 필요하셨을 게다. 나도 얼굴에 모닥불을 끼얹은 듯 화끈거려 정말 나락으로 떨어지는 듯한 기분이었다.

그나마 돈이 마련되었다면 무안함이 덜했을 텐데, 고모님 말씀이 "돈에 관한 한 고모부가 주관하시기 때문에 나도 마련하기 어렵다."는 것이다. 한 가닥 희망을 걸고 찾아갔는데 부끄럽기 짝이 없고 왜 찾아갔나 싶었다.

잠시 더 앉았다가 그 집 대문을 나섰다. 밖에는 흰 눈이 내리고 있었다.

돌아오는 길은 어찌 그리 멀던지…… 어머니도 나도 아무 말 없이 걷기만 했다. 그 먼 들길을 눈을 맞으며 하염없이 걷던 중에 어머니가 목도리를 풀어서 내 목에 둘러주시며 말씀하셨다.

"설마 죽기야 하겠냐! 마음 단단히 먹고 정신 잃지 마라! 넌 이제 괜찮다. 밑바닥까지 굴러 떨어졌으니 더 이상 나빠질 게 뭐 있겠니."

그때는 그 말씀이 하나도 귀에 들어오지 않았다.

갈림길에서 어머니랑 헤어지는데, 몇 걸음 걷다 뒤를 돌아다보니 어머니가 눈을 맞고 그 자리에 서 계셨다. 나를 향해 어서 가라고 손을 흔들어주시며…….

걷다가 뒤돌아보고, 또 뒤돌아보고 할 때마다 어머니는 그 자리에 서서 내리는 눈을 오롯이 맞으며 손을 흔들고 계셨다. 그때 어머니 마음이 오죽했으랴. 빈손으로 돌아가 빚쟁이한테 닦달을 당할 딸을 생각하며 가슴으로 피눈물을 흘리셨으리라!

그 후, 살아가면서 너무 힘들고 막막해서 죽고 싶은 생각이 들 때마다 그날 눈 속에서 나를 배웅하며 어머니가 하셨던 말씀이 떠오른다.

'그래, 해보는 거야, 설마 죽기야 하겠어?'

두 주먹을 쥐고 이 말을 자신에게 들려주다 보면 새로운 용기가 생겨서 꿋꿋하게 이겨낼 수 있었다.

독자들의 편지

2008년 봄, 얼마 전, 한글학교 교사가 보낸 메일을 받았다. 내용은 오래전 어머니가 쓰신 책《가슴이 하고 싶었던 이야기》를 구할 수 없겠느냐는 것이었다. 문맹인 할머니들에게 한글을 가르치고 있는데, 어머니의 책을 교재로 쓰고 싶다고 했다.

나도 가지고 있는 책이 딱 두 권밖에 없었지만, 생각해보니 어머니의 책이 한글을 배우는 할머니들에게 혹시 용기를 드릴 수 있지 않을까 싶어서 선뜻 보내드렸다.

그리고 나선 잊고 있었는데, 한글학교 선생님께서 어머니의 주소를 알고 싶다고 다시 전화를 하셨다. 그동안 할머니들이 한글을 겨우 쓰시게 되었고, 그 솜씨로 어머니께 편지를 보내고 싶어 한다는 소식이었다. 매주 어머니께 가니 우리 집으로 보내시면 전해드리겠노라고 말씀드렸다.

어머니가 계신 곳 주소를 알려드려도 되겠지만, 밭에 나가 계시면 집배원 아저씨가 어머니를 찾기 어려울 것 같아서였다.

며칠 후, 우리 집으로 편지들이 도착하기 시작했다. 겉봉에 쓰인 주소들이 초등학생들 글씨 같았지만, 정성들여 쓴 글씨란 걸 한눈에 알아볼 수 있었다.

편지 꾸러미들을 잘 챙겨 어머니께 갖다드렸더니, 부끄러워하시면서도 그렇게 좋아하실 수가 없었다. 어머니는 그 편지들을 읽고 또 읽으셨다. 맞춤법은 많이 틀렸어도 글씨들을 또박또박 얼마나 정성들여 썼는지 옆에서 보는 나도 감동을 받았다. 더 놀라운 것은 할머니들이 쓰신 편지를 어머니가 못 알아볼까봐 선생님이 한 장 한 장 워드프로세서로 다시 쳐서 동봉해 보내주신 거였다. 대개가 육칠십 대인 할머니들이 이제 뒤늦게 한글을 배우려니 얼마나 힘이 드실지…… 가르치시는 선생님이나 할머니들이나 정말 대단한 분들이다.

할머니들의 편지는 내용도 아주 다양했다.

외국으로 떠난 딸이 너무 그립다는 글, 수녀가 된 딸이 저세상으로 갔다는 애달픈 사연, 젊어서 고생한 이야기…… 그중에 나를 웃게 한 편지가 있었는데, "경화가(내 이름) 무럭무럭 자라주니 얼마나 흐뭇하시겠냐."는 거였다. '암~! 난 지금도 무럭무럭 자라고 있구 말구! ㅎㅎㅎ

어떤 할머니는 어머니의 책 내용 중에 어려서 돌도 지나지 않아 죽은 내 동생 '무남이 이야기'를 읽고 모두 눈물을 흘렸다고 적었다. 그 이야긴 어머니의 책을 읽는 사람들마다 눈물을 흘리는 대목이다.

할머니들은 모두 어머니를 한 번 꼭 만나고 싶다고 적었다. 어머니는 자신을 보러 오는 분들을 빈손으로 보낼 수는 없으니 옥수수가 익을 때쯤이나 아니면 가을에 고구마 캘 때, 혹은 알밤이 떨어질 때 초대하고 싶다고 하셨다.

하지만 한글학교 할머니들을 초대하기 전에 어머니가 다치셔서 오랫동안 입원을 하시게 되었고, 돌아가실 때까지 병환에 계시는 바람에 끝내 시골집으로 초대하지는 못했다.

다만, 어머니께서 입원해 계시는 동안 할머니들이 병문안을 와주셨는데, 어머니가 좋아하시는 콩국을 손수 만들어 오시기도 하고 음료수를 사다주시기도 하셨다.

어머니의 책이 인상 깊으셨던지, 수년 전 어머니가 출연하신 〈인간극장〉 '그 가을의 뜨락' 5부작을 방송국에 주문해서 모두 함께 보셨다고도 했다.

어머니가 다치지 않았다면, 그 가을에 할머니들을 초대해서 어머니가 심어놓은 고구마도 캐고 30년 묵은 밤나무에서 떨어진 굵은 알밤도 주웠을 텐데…… 아쉬운 마음이다.

어머니께 말할 수 없는 기쁨을 안겨주신 고마운 할머니들, 정말 감사합니다!

어머니의 공익광고

2005년 11월 21일부터 25일까지 닷새 동안 어머니의 이야기가 KBS 〈인간극장〉에 '그 가을의 뜨락'이라는 제목으로 방영되었다. 이후로도 해마다 가을이면 케이블 채널에서 그 방송을 다시 보여주곤 한다. 덕분에 어머니 이야기가 점점 더 많은 이들에게 알려지게 되었다.

그러던 중 2008년 초여름에 한 통의 전화를 받았다. 어머니가 출연하신 방송을 봤다며, 어머니를 공익광고 모델로 모시고 싶다는 제안이었다. 그러나 어머니가 고령이신 데다가 거동이 불편하셔서 선뜻 수락할 수가 없었다. 주제는 '노인학대 신고전화 안내'라고 했다.

고민 끝에 우선 어머니께 출연 의사를 여쭤보기로 했다. 그런데 뜻밖에도 어머니는 잠시 생각해보시더니 선선히 출연을 수락하셨다. 당연히 못하신다고 할 줄 알았던 나는 잠시 당황했지만, 어머니가 하시겠다는데 반대할 이유가 없었다.

촬영하기로 한 날, 아침 7시 반에 어머니와 함께 삼청동 한옥 마을에 도착했다. 잠깐 나가는 광고인데도 촬영기재가 엄청났고, 따라 나온 촬영 팀만도 20여 명이나 되었다. 어머니가 입으실 옷도 여러 벌 가져와서 골라 입혔다. 예쁜 꼬마 어린이도 함께 찍었는데, 아이가 어머니께 달려와 안기는 장면을 몇 번이나 다시 찍느라고 오후 4시가 되어서야 촬영이 끝났다. 옆에서 지켜보기에도 힘든데 어머니는 얼마나 고되실지, 내내 안타까운 마음이었다. 녹록치 않은 일임을 짐작하셨을 텐데도 어째서 촬영을 수락하신 걸까, 하는 의문이 머릿속을 떠나지 않았다.

한데 그 의문은 그날을 넘기지 않고 풀렸다.

식당에서 저녁을 먹던 중 어머니가 말씀하셨다.

"얘, 어멈아! 광고 찍은 거 출연료가 얼마나 될까? 너희들한테 쌀 한 포대씩 사줄 수 있을까?"

자식들한테 폐만 끼치고 사니 면목이 없다는 말씀을 늘 입에 달고 사셨다. 뭐 하나 해준 것 없이 짐만 된다고 여기셨던 어머니는 이번 기회에 자식들에게 뭐라도 해주고 싶으셨을 것이다. 걸음도 제대로 못 걷는 어머니가 그 힘든 촬영을 수락한 이유를 가늠해보니 가슴이 뭉클해졌다.

어머니가 출연하신 공익광고는 그해 KBS 일일 저녁드라마가 시작되기 전에 몇 초간 방영되었다. 어머니의 모습을 매일 광고를 통해 뵙게 되니 느낌이 새로웠다. 어머니를 알아본 친척들과 지인들의 전화도 이어졌다.

출연료가 입금되자 어머니는 그 돈을 육남매에게 고루 나눠주셨다. 당신이 고생해 번 돈을 자식들한테 나눠주며 너무나 흐뭇해하시던 그 모습을 지금도 잊을 수 없다.

그날 밤 어머니 옆에 나란히 누워 이런저런 이야길 나누던 중 어머니가 말씀하셨다.

"난 이제 가도 맘에 걸리는 게 하나도 없어, 홀가분하게 떠날 수 있다. 느이 막내 이모가 우리가 어렵게 집 지을 때 창문과 대문을 달아줬는데, 항상 그 고마움을 잊을 수 없었지. 그런데 지난번 이모 칠순 잔치 때 목돈을 해줬으니 이젠 마음이 편하구나."

어머니는 당신 형제들이나 조카들, 그리고 자식들한테서 받은 용돈을 쓰지 않고 꼬박꼬박 모아두었다가 집안 경조사에 부조금으로 사용하셨다. 남한테 콩 한쪽이라도 그냥 받으시는 일이 없으셨다. 그리고 우리들에게 항상 남에게 빚지지 말고, 은혜를 입었으면 그 고마움을 잊어서는 안 된다고 평생 가르치셨다.

하지만 나는 물질적으로나 마음으로나 남에게 진 빚이 참 많다.

빚에 쫓겨 끼니조차 잇기 어렵던 시절, 다 헤진 내 구두를 보곤 신고 있던 구두를 벗어 내게 준 친구, 넉넉지 않은 살림에도 쌀 한 말을 퍼준 친구…… 국토종단길까지 찾아와준 친구는 지갑에 있는 돈을 탈탈 털어 동전까지 주고 갔었다.

어디 그뿐이랴! 절망에 빠져 허우적댈 때마다 따뜻한 말로 용기를 북돋워준 선배, 삶이 너무 버거워서 포기하고 싶을 때 말없이 곁에 있어준 사람, 목돈을 빌려주고 갚지 못한 내게 "이 담에 살면서 너같이 어려운 이가 있으면 그 사람에게 갚으면 돼." 하고 말해준 친구…… 어찌 그 고마움들을 잊고 살까.

나는 하느님께도 많은 빚을 졌다. 막막하고 고통스러울 때마다 "하느님, 이번에 제 기도를 들어주신다면 앞으로 반드시 이러이러한 좋은 일을 하겠습니다." 하며 하느님과 흥정을 했었다. 돌이켜보면 그것은 진정한 기도가 아니었다. 하느님 보시기에 너무 괘씸한 짓이었다.

어머니처럼 세상 떠날 때 빚진 것 없이 홀가분하게 떠나진 못하겠지만, 남은 시간 동안 내가 받은 것을 또 다른 누군가에게 되돌려주며 살아야지, 하고 마음속으로 다짐해본다.

새 냉장고 들여놓던 날

2003년 여름, 냉장고를 새로 바꾸면서 쓰던 냉장고를 시골 어머니께 갖다드렸었다. 그런데 3년을 쓰고 나니 고장이 나서 더는 못 쓰게 되었다. 새 걸로 사드리려고 하니 작은 남동생이 자기 회사에 안 쓰는 냉장고를 갖다드리겠다며 사지 말라고 했다. 남동생이 갖다놓은 냉장고는 먼저 쓰시던 것보다 크기는 작았지만, 그런대로 쓸 만하게 여겨졌다.

혼자 계시긴 해도 자식들 오면 먹이려고 옥수수며 쌀가루, 고기, 생선, 그리고 손수 만드신 만두 등으로 어머니 집 냉동실은 늘 비좁다.

동생이 냉장고를 새로 가져다놓았으니 고장 난 냉장고는 버려야 하는데, 어머니는 막무가내로 못 버리게 하셨다. 큰 딸이 쓰던 것이고 지금까지 얼마나 요긴하게 잘 썼는지 정들어서 그냥 두고 쓰신다는 것이다. 헌 냉장고를 어디다 쓰냐고 여쭈었더니 건넌방에 두고 잡동사니를 넣는다고 하셔서 하는 수 없이 옮겨드렸다. 그랬더니 그 안에 별의 별 걸 다 넣어놓으셔서 온 가족이 웃었다.

한데 얼마 지나지 않아 동생이 갖다드린 냉장고마저 고장이 나서 물이 줄줄 흘렀다. 냉동실에 넣어뒀던 아이스크림이 다 녹아서 곤죽이 되어버렸다.

생각해보니 어머니는 늘 자식들이 쓰던 냉장고를 쓰셨지 새 것은 써보지 못하셨다. 지금까지 고생만 하셨지 뭐 하나 제대로 된 물건을 써보신 적이 없다.

갑자기 가슴이 뭉클해졌다.

새 냉장고를 사드리면 어떻겠느냐고 여동생들하고 의논을 했더니 모두 좋다고 찬성했다. 당장 전자제품 전문점에 전화해 알아보니 158리터짜리가 66만원이라고 했다. 문짝 한 개 달린 것으로 하니 값이 비교적 쌌다. 여동생들이 36만원을 내고 나머지는 내가 부담하기로 했다.

당장 배송해주길 바랐지만, 그날은 시간이 맞지 않아 며칠 뒤에 배달이 되었다. 미리 말씀드리면 분명 싫다고 펄쩍 뛰실 것 같아서 배달 온다는 연락을 받고서야 어머니께 말씀을 드렸더니 아니나 다를까 "네가 정신이 있냐 없냐! 내가 내 몸을 아는데, 저 냉장고가 내게 당키나 하냐?"며 당장 취소하라고

58

성화셨다.

그런 어머니의 귀에다 대고, 우리도 어머니께 오면 시원한 수박이나 물 좀 마시고 싶다는 둥, 어머니 쓰시다가 돌아가시면 우리 회사에 갖다놓으면 된다는 둥, 냉장고 값은 밖에 진열해놨던 거라서 아주 싸게 35만원에 샀다는 둥, 별의 별 소리로 둘러댔더니 하는 수 없다고 여기신 듯 이내 누그러지셨다.

잠시 후, 대형 트럭이 집 앞에 와 서더니 건장한 청년 두 사람이 냉장고를 운반해서 들여왔다. 새 냉장고를 들여놓으니 주방이 다 환해지는 것 같았다. 게다가 냉장고를 운반해온 청년이 집안에 들어서면서 어머니께 "혹시 할머니 〈인간극장〉에 나오신 분 아니세요?" 하며 어머니의 손을 잡고 무척 반가워했다. 그러면서 선물로 밀폐용기 세트까지 주고 가면서 오래오래 건강하게 사시라는 인사를 덧붙였다. 그 청년 덕분에 어머니 기분이 한결 좋아지셨다.

동생들과 새 냉장고를 깨끗이 닦아낸 뒤, 어머니가 말리시거나 말거나 오래된 음식이나 이 빠진 접시 같은 것들을 종량제 봉투에 주섬주섬 담아서 내다 버렸다.

깨끗이 정돈된 커다란 냉장고를 들여다보시며 어머니가 말씀하셨다.

"집 한 채 장만한 것보다 더 좋구나!"

　자식들 돈 걱정 때문에 그렇게 말리시긴 했어도 새 냉장고를 들여놓으니 그만큼 좋으셨던 모양이다. 어린아이처럼 좋아하시는 어머니를 지켜보면서, 그때 나는 지금까지 내가 한 일 중에 가장 잘한 일이란 생각을 했었다.

　연세도 많은 데다 건강도 안 좋은 노인한테 무슨 목돈을 들여서 새 냉장고를 들여놓느냐고 할 수도 있겠지만, 한 해밖에 못 쓰신다고 해도 정말 잘 사드렸다는 생각이 들었다.

　새 냉장고를 손으로 쓸어보면서 환하게 웃으시는 어머니를 뒤에서 끌어안고 어머니 등에 얼굴을 묻었다. 솟아오르는 눈물을 어머니 몰래 손등으로 씻어냈다.

　정말 어머니는 그 새 냉장고를 딱 한 해 쓰고 떠나셨다.

　진작 사드릴 것을…… 난 왜 모든 게 이렇게 늦는 건지 모르겠다!

　"어머니, 죄송해요!"

어머니의 요리 일기

홍합은 소스을 만드러
분는다. 마늘 곳추을
송송 스러 복다 설탕 기름
엿 가진 양염 6수물을 함개 부고
조림 소스를 홍하배 분는다.

어머니의 일기다.
말을 바로 고쳐 옮겨보면 이렇다.

홍합은 소스를 만들어
붓는다. 마늘 고추를
송송 썰어 볶다가 설탕 기름

엿 갖은 양념에 육수물을 함께 붓고
조림 소스를 홍합에 붓는다.

어머니는 텔레비전을 보다가 메모를 잘하셨다.

참고가 될 만한 요리법이나 응급 치료법 등을 적어두시기도
했다.

어머니는 편찮으셔서 주무시는데, 그 옆에 앉아서 눈물을
글썽이다가 저 요리 일기를 읽고 혼자 뒤집어지게 웃었다.

아, 사랑스러우신 우리 어머니.

저 글에서 '6수물'이 단연 압권이다.

비는 내리는데 어머니 때문에 울다 웃다했다.

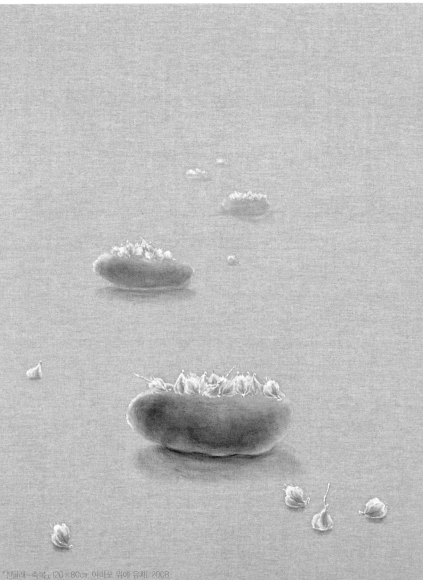

「진달래 – 축복」, 120×80㎝, 아마포 위에 유채, 2008

2부
나 홀로 가야 할 길

겨울밤에 내리는 눈은 그대 편지,
무슨 사연 그리 많아 밤새도록 내리는가.
겨울밤에 내리는 눈은 그대 안부,
혼자 누운 들창 밑에
건강하냐 잘 자느냐 묻는 소리,
그대 안부.

홀로 두고 가신 님아

너희 아버지 돌아가던 해를 생각하면 지금도 아찔하다.

그때 연화(막내 딸)가 고등학교 일학년이었는데 참으로 막막했다. 아침에 학교 간다고 교통비 달라며 발을 동동 구를 때 십 원짜리 하나 없어 피가 마를 지경이었다.

그때는 넉넉지 못해 어느 자식도 공책 하나 사 달래지 못했다. 이러지도 저러지도 못하고 참 답답했었다.

아버지 없이 살아가는 자식들을 보면 측은하고 가슴에 멍이 들 정도로 아팠어. 게다가 아버지 돌아가시고 얼마 안 돼 명화(셋째 딸)가 대수술을 받고 고통을 당할 때, 엄마 가슴이 어땠겠니? 병원에서 퇴원해 집에 돌아와서도 몸보신 하나 제대로 못시켜 1년이 넘어도 몸을 추스르지 못했다.

어디 그뿐인가. 정연이(큰아들)도 몸이 건강치 못한 데다가 휴양도 못시키고 약도 마음대로 쓰지 못해 지금까지 한이 된다.

너희 아버지는 어찌하여 돈 벌 때는 정신을 못 차렸을까, 생각하면 한심한 남편이었다.

아무 대책도 없이 혼자 훌쩍 떠났다.

그때는 정말 천지가 아득하였다.

1

여보, 나 혼자 두고 어데로 갔소.

여보, 가시밭길을 나 혼자 두고 어디로 갔소.

나더러 어찌 하라고 혼자 훌쩍 떠나시었소.

내 야윈 두 뺨에 흐르는 눈물 금할 수 없어라.

불러보고 또다시 불러봐도

산 메아리만 울릴 뿐 허망하기만 하다.

2

안개 속으로 떠난 그대를 잊지 못해

서글픈 마음에 눈물지으며 그대를 불러본다.

불러본들 무슨 소용이 있으리오,

후회한들 무슨 효과가 있으리오.

살아생전에 서로 아껴주고 이해하고 소중히 여기지 못하고

짧은 인생 가버린 후에 이제 와서 가슴 아프나,

그 또한 아무 소용이 없다.

누구나 살아생전에 부부가
아웅다웅 싸움하며 살 것이 없다.
아무쪼록 사는 동안 서로서로 이해하고 감싸주며
금실 좋게 살 일이다.

3

당신과 나 사이에 한마디 말도 없이 이별이 웬말인가.
꿈에도 상상하지 못하였다.
벼랑 끝에 혼자 선 것처럼 막막하고 아득하였다.

4

이름도 서러운 두 글자 그대여.
나 백년을 해로하며 검은머리 파뿌리 되도록 살 줄 알았다.
그대 가고 홀로 남은 목숨이 왜 이리 질긴지 모르겠다.
그대 죽어 나비 되고, 이 몸은 죽어 꽃이 되고 싶다.
그대의 넉넉한 날개 밑에 편히 쉬고 싶다.

5

겨울밤에 내리는 눈은 그대 편지,
무슨 사연 그리 많아 밤새도록 내리는가.

겨울밤에 내리는 눈은 그대 안부,
혼자 누운 들창 밑에 건강하냐 잘 자느냐 묻는 소리.
그대 안부.

6

인생이란 어찌하여 이별이 있을까.
나는 죽어서 학이 되어 훨훨 날아가
이별 없는 곳에 내리겠다.
나의 동반자여 나의 바람을 막아주던 동반자여.
당신은 어디로 갔소.
외로움을 막아주던 사람아.
허전함을 달래주던 당신이여.

7

이 가슴에 기적소리 슬피 우네.
이내 마음 쓸쓸하여라.
간밤에 불던 바람 꽃잎을 휩쓸더니
오늘은 내 가슴까지 휘젓는다.
천지가 꽁꽁 얼고 눈보라 칠 때 떠나간 당신
마지막 남긴 당신의 말 때문에 눈물도 못 흘렸소.

당신 떠나고 나니 나는 날개 잃은 새,
이 몸 어느 누구에게 의지할까.

8
당신 꿈을 꾸었다.
진달래 핀 동산을 함께 거닐다 깨고 보니 허망한 꿈.
당신 음성 아직도 귓가에 쟁쟁한데
빈 방 둘러보니 새삼 목이 멘다.
세월 흘러 설움도 다 갔거니 했는데
어제 일처럼 가슴이 저리다.
웬일로 꿈에 나타나 가슴을 휘저어놓는가.

9
하늘이 짝지어준 그대여.
검은 머리 파뿌리 되도록 오래오래 살다
뒤도 서지 말고 앞도 서지 말고 나란히 나란히 걸어갑시다.
우리 죽을 때 앞서거니 뒤서거니 하지 말고
나란히 나란히 웃으며 갑시다.
그러면 황천길도 즐거울 거요.
아무 후회 없이 나란히 갑시다.

10

천년을 두고 만년을 두어도 변치 않을 너와 나,
천년만년 하루같이 살고 지고.
창문에 달빛 밝은데
흘러간 세월이 그리워 그리워 못 잊을 그 세월이 그리워라.
이 가슴에 기적소리 슬피 우니 쓸쓸하여라.
속절없이 지는 꽃잎에 이슬비는 내리고,
말없이 떠나간 당신은 이제 기억도 희미하다.
멍든 설움 가슴에 안고 먼 산 바라보며 당신을 불러본다.
불러보아도, 불러보아도 메아리만 울릴 뿐 소용이 없다.

11

보내기 싫은 사람아.
떠나는 사람아.
갈림길에서 엇갈리는 사람아.
잊지 못할 사람아.
이런 이별은 내가 죄가 많은 때문인가.

나는 늙은 거미다

한 동갑내기 친구가 갑자기 세상을 떠났다.

그렇게 친하게 지내던 사람이 한마디 말도 없이 이 세상을 하직하고 저세상으로 가버렸다. 살아생전에 한 번 더 만나 보지 못한 것이 너무나 한스럽다.

주위를 돌아보니 친하던 사람들 중에 내 곁을 떠나간 사람들이 꽤 많다. 누구도 가고, 누구도 떠나고…….

손을 꼽아 헤아려보니 내 신세가 너무 딱해 가슴이 휑하게 비는 것 같다.

친하게 지내던 사람들이 하나둘 떠날 때마다 병마에 시달리며 남아 있는 내가 더 초라하게 느껴진다.

주변 사람 괴롭히지 말고 깨끗이, 조용히 죽어야 할 텐데 걱정이다.

김 한 장을 밥에 얹어 넘기려니 목이 멘다.

김밥 때문인지 슬픔 때문인지.

1

나는 늙은 거미다.
내 몸에서는 이제 실을 뽑을 수 없다.
이제는 용기도 없고 힘이 없다.
몸이 말을 안 듣는다.
아무런 희망이 없고 마음만 서글프다.
내가 생각해도 내가 어린애 같다.
병마에 시달리니 괴롭고 자식들한테 볼 면목 없고
더 살아본데야 내게도 고통이다.
죽는 것은 서럽지 않으나 앓는 것이 서럽다.
어찌 이다지 명이 긴가.
원망스럽다.
어서어서 잠든 듯이 가야 할 텐데.

2

즐거운 봄을 하염없이 바라보네.
눈물로 달래보는 이 마음.
차라리 잊으리라.
이 가슴에 조용히 손을 얹고
애타는 숨결, 쓰라린 이 가슴을 잠재워본다.

이 가슴에 봄은 가고 어느덧 서릿발 내리네.
어차피 나 혼자 가야 할 길,
슬프다 한들 무슨 소용 있으리오.
쓸쓸한 길이라 한들 누가 벗해줄 수 있으리오.
나 홀로 가야 할 길.

3
마루에 걸린 시계 소리.
생명줄 닳아지는 소리.
기다림 줄어드는 소리.

가슴에 묻어둔 사연

1 모시 적삼

장롱을 정리하다가 시집올 때 해온 모시 적삼이 나왔다.

60년 가까이 지난 것인데도 콩알만 한 구멍이 두 개 났을 뿐 깨끗했다. 한산 세모시라 올이 아주 곱다.

석교 어멈(맏딸)이 보더니 저 달란다.

입지도 못할 것을 뭐 하느냐니까 그냥 웃기만 한다.

그 속을 알 것 같아서 아무 말 안 하다가 한참 후에 그러라고 했다. 나 죽은 후에 어미 물건으로 간직하고 싶겠지.

그러나 그게 다 소용 없음을 안다.

사람 가고 없는데 그 사람 쓰던 물건이나 들여다본들 무슨 소용 있나. 대답은 없고 허망함만 더할 것을.

이런 생각하며 석교 어멈을 바라보니 측은하고 불쌍하다.

2 낡은 내복

내버리려고 했던 내복을 또 빨아 입었다. 낡은 내복을 입는 다고 딸들은 질색이다. 새 내복이 없어서 그러는 게 아니다. 딸들이 사다준 내복, 조카들이 사 온 내복들이 상자에 담긴 채로 쌓여 있다. 언제 죽을지 모르는 몸, 자꾸 새것 입어 휘질러놓으면 뭐하나 해서다.

그리고 새 옷들이 차곡차곡 쌓여 있는 것을 보면 헌 옷을 입어도 뿌듯하다.

그런 어미 맘을 모르고 딸년들은 낡은 옷 버리라고 야단이다.

3 엄마의 마음

어린 자식들 기를 때,

엄마의 가슴에 따뜻하게 포근히 안고 젖을 줄 때,

한쪽 젖을 입에 물고 한 손으로는 젖을 만지작만지작하며

이 엄마를 흐뭇한 기분으로 바라볼 때,

엄마는 대견하고 흐뭇한 마음

이루 헤아릴 수 없었다.

누구나 자식 기른 엄마들은 그 느낌을 다 안다.

그리하여 이제와 생각하면

젊어서 어린 자식들 기를 때가 새삼 그립구나.

4 품의 아기들

젊은 날, 아기를 품에 안고 내려다보면
엄마를 보며 속삭이던 눈빛.
우리 귀여운 아기의 맑은 눈동자.
옹알대며 쳐다보던 아기의 눈빛.
젖 묻은 꽃잎 같던 입술.

진자리 마른자리 갈아 눕히며
엄마의 모든 사랑을 쏟아부었다.
귀여웠던 내 품의 아기들,
지금은 다 어디로 갔나, 어디로 갔나.

5 간장을 달이며

오늘은 어린이날이다. 그래서 인성이 아범(큰아들)이 쉬는
날인데 간장을 달이게 되어 미안했다.
마당에 솥을 걸고 간장을 달이는데 불을 때가며 하느라고
고생이 많았다.
달인 간장을 독에 부어놓으니 흐뭇했다.
여러 자식들 나누어줄 생각을 하니 힘은 들었어도 기뻤다.

사계절 같은 인생

1 봄

봄눈이 나풀나풀 내리는 언덕길,
꽃잎인가 흰 나비인가 하고 쫓아가 보고 따라가 보고.
봄눈 소록소록 어디로 갔나,
살며시 잡으면 이내 스러지고.
솔솔 바람에 봄 냄새만 풍기네.
화창한 계절 봄,
잎은 피어 푸르르고 꽃은 피어 만발한데,
푸른 하늘 높이 뜬 저 종달새 지저귀며 노래 부르니,
내 마음도 상쾌하도다.
내 몸과 마음도
저 종달새와 같이 훨훨 날고 싶어라.

2 여름

그러나 계절은 어느덧 여름이 돌아왔다.
무더운 날에 비지땀이 흐르고 숨이 콱콱 막히어도
여름을 피할 수는 없다.
그런 더위 속에 곡식은 자란다.

3 가을

그러고 나면 가을이다.
가을은 오곡이 풍성해 마음도 풍성하도다.
그러나 늦가을에 접어들어 나뭇잎은
한잎 두잎 바람에 날아가고,
강물은 굽이굽이 하염없이 흘러간다.

4 겨울

가을도 흘러 엄동설한 겨울이 온다.
혹독하고 매운 추위를 피할 수는 없다.

사람의 일생도 이 사계절과 같도다.
봄이면 마음 화창하고,
여름이면 숨 막히게 덥고,

가을이면 마음이 풍성하고,
겨울이 오면 춥고 매움을 이겨내며 강해진다.

이것이 인생이다.

「진달래·이만의 어매 들을 귀하며」, 53×80cm 등, 위에 유채, 2005

손짓하는 가을 산

나는 산이 좋고 자연이 좋다. 숲속이 내게 손짓을 하는 것 같다. 산에 가면 상쾌하고, 산에 가면 내 고향 같다. 즐겁고 행복한 마음이 솟아오른다.

이 몸이 건강하면 얼마나 좋을까. 하루도 빠짐없이 산에 오를 텐데…… 이 답답한 심정 헤아릴 수 없구나.

육남매가 다 자가용이 있다 하여도 그림의 떡이다. 산이 아무리 좋다 한들 무슨 소용이 있나. 모든 것이 다 그림의 떡이다. 자식이 많다 하여도 내 마음 속속들이 어찌 알소냐.

요즘에 산에 가면 참 좋을 거다.

산밤도 있고, 도토리도 주울 수 있을 거다.

깊은 산엔 머루 다래도 있을 거다.

그래서 가을 산은 못 사는 친정에 가는 것보다 낫다는 말도 있다.

이런 좋은 가을 산을, 멀리서 오늘도 바라만 본다.

1

아무리 아무리 나그네의 발길이 바쁘다 하여도 한 번쯤 뒤돌아보소.

가을 익어 물 좋고 경치 좋은 저 절경을 잠시라도 돌아보소.

가을이면 온 산이 울긋불긋 단풍으로 물들고,

이럴 때는 사람 마음이 새삼 지나간 추억을 뒤돌아볼 때요.

2

가을은 흐뭇하고 풍성하다.

가을 햇볕은 한 뼘이 아쉽다.

어느 겨울날의 기록

1

눈 덮인 산, 산뜻한 산.
설경이 이 세상 같지 않다.
눈 덮인 겨울 산, 백설의 눈꽃이 아름답다.
바위 속 깊숙이 든 약수물은
오장육부 마음속까지 깨끗이 씻어준다.
아름다운 설경이 참으로 장관이다.
맑은 샘물 마시고 맑은 공기 마시니
몸과 마음이 날아갈듯 가볍다.

2

눈 내린 겨울 산을 바라보면, 내 마음도 깨끗해진다.
남을 이해하며 욕심을 내지 말자.
늘 벗은 외로운 사람을 생각하자.

백설 같은 고운 마음으로
솟아오르는 샘물 같은 마음으로.

3

아침에 일어나니 간밤에 눈이 참 많이 내렸다.
석교 어멈(만딸)이 올 날은 아직 멀었는데 잘 있는지 궁금하다.
이젠 기력이 달려서 눈 치울 일도 걱정이다.
개밥 갖다 주고 닭 모이 줄 일도 걱정이다.
그것들도 나만 기다리고 있을 텐데…….
기운 차려 나가 봐야겠다.

4

잎을 다 떨어내 빈 나뭇가지가 쓸쓸하다.
앙상하게 남은 빈 가지만 바람에 흔들린다.
그래도 봄이 오면 새순이 돋고 잎이 무성해지겠지.
하지만 내 앙상한 가슴엔 봄이 올 것 같지가 않다.
스산한 바람만 분다.
방바닥은 뜨거운데 가슴은 춥기만 하다.

5

동지섣달 긴긴 밤, 잠을 이룰 수 없는 이 밤.

낙엽 뒹구는 소리,

새벽 찬바람에 날개 치며 슬피 울고 가는

저 외기러기 소리,

이 마음도 서글프다.

아, 그 옛날이 그리워라 그리워라.

봄노래

1

아무리 아무리 겨울이 춥다 하여도
다가오는 봄을 막을 수는 없다.
봄이 왔네.
봄날이 그리운 손님,
진달래 민들레 꽃 피는 봄이 왔네.
푸른 자연에 마음이 상쾌하다.
푸른 하늘에 저 종달새 높이 날고,
버들피리 꺾어, 불며 불며 하늘 높이 날고 싶다.
종달새야, 종달새야, 네가 부럽구나.
이 답답한 심정 헤아릴 수 없구나.

2

봄바람, 산들산들 부는 바람.

진달래꽃, 개나리꽃 방실방실 웃음 지으며
아지랑이 타고 흘러갔네.
산새, 들새 노래 부른다.
자연의 숲속에서 온갖 새소리 들으니
몸과 마음이 상쾌하다.

3

오늘은 어린 고사리들이 소풍을 간다.
개울물 졸졸 흐르고, 아지랑이 아물아물,
꽃바람 살랑살랑 불고,
어린 가슴 설레며 봄바람 타고 흥에 겨워 잘도 간다.

4

겨울은 가고,
따뜻한 해가 웃음 지으며 꽃이 피고,
꽃은 아양을 떤다.
산들산들 바람에 봄비 내리고
아름다운 산이 오라고 손짓한다.
이런 봄날에 나는 가야지.
이 가슴에 사랑을 안고 사랑을 위해 나는 가야지.

머나먼 길 다시 못 오는 길을 말없이 나는 가야지.
숲 속으로 숲 속으로, 깊고 깊은 산속으로,
새소리 풀벌레 소리 들으며 행복을 누리며 나는 가야지.
보석 같은 아침 이슬에 옷자락 적시며 나는 가야지.

5

봄이 오면 앞뜰에 따스한 햇살이 곱고,
무작정 주고픈 가슴,
한가한 꽃소식 벗에게 전하고파 펜을 드니
뜰 앞에 살구꽃이 나비떼 같이 날아든다.

6

봄이 와 뜰 앞에 꽃씨를 뿌렸더니
무럭무럭 잘도 자랐다.
꽃망울이 맺혔나 했더니 어느새 활짝 꽃을 피웠다.
내 마음 그 꽃향기에 행복하였다.

두 번째

우리 가족 이야기

철도국에 다니셔서 전근이 잦은 아버지를 따라 우리 가족은
여러 번 이사를 해야 했다. 개성에서 문산, 마석, 가평, 춘천을
거쳐 우리는 1960년 서울에 정착했다. 지금의 서울 친정집은
아버지가 직접 지으신 것으로, 마당의 감나무와 라일락 나무,
그 그늘 아래 놓인 나무의자까지 아버지 손길이 닿지 않은 것
이 없다.

아버지는 퇴임 후인 쉰일곱 살에 병환으로 돌아가셨다. 육남
매 중 맏딸인 나만 결혼하고, 아래로 다섯 동생은 중학교부터
대학교까지 재학 중이던 때였다. 그때부터 어머니는 자식들의
학업을 위해 생선 행상을 다니기도 하고, 집에서 장식용 조화
에 꽃잎 붙이는 일을 밤새워 하기도 하며 어렵게 육남매를 키
워내셨다. 그 당시 결혼했던 나는 이렇다 할 보탬이 되어드리
지 못했고, 오히려 남편의 사업이 어려워 빚에 쪼들리니 걱정
만 끼쳐드렸다.

경주 가족 여행

아버지가 만드신 나무의자 ▶
서울 친정집 마당에서 ▼

억지 효도

　내 딴엔 효도를 한답시고 어머니 생신에 맞춰 산정호수 한화콘도를 예약했다.

　어머니가 농번기 동안만 머무시는 포천 일동에서 가까운 데다가 그곳 온천수가 좋아서 모처럼 모시고 가서 개운하게 온천욕도 하고 주변 구경도 시켜드리고 싶었기 때문이다.

　여동생들에게 얘길 했더니 모두들 좋다고 해서 콘도 객실을 보름 전에 두 개나 미리 예약했다.

　그런데 생신 이틀 전, 둘째 여동생이 제부 생일이 그 다음 날이어서 아무래도 안 되겠다고 연락해왔다. 연이어 다른 동생은 결혼식이 있어서, 막내 동생은 몸살이 나서 못 간다는 것이었다. 너무 실망했지만 하는 수 없이 콘도 한 개를 취소하는 수밖에 없었다.

　의기소침하여 남편과 함께 어머니 댁으로 향했다. 한데 시골집에 도착하기도 전에 동생들이 모두 다시 가겠다고 연락을 해왔다. 어머니 생신이라 모처럼 마음을 내 계획한 일인데 아무래도 빠지는 것이 마음에 걸렸던 모양이었다. 부랴부랴 콘도에 연락해 객실 한 개를 더 부탁했다. 다행히 객실이 남아 있었지만 정말 진땀나는 일이었다.

형제들이 제각기 음식들을 한두 가지씩 맡아 해 온 덕분에 어느 때보다 풍성한 생신 상이 되었다. 직계 가족들만 모여 오붓하고 조촐하게 생신을 치렀다.

점심상을 물리고 어머니께 산정호수로 가시자고 말씀드렸다.

아, 그랬더니 어머니가 다 귀찮다며 안 가신다는 것이었다. 승용차 뒷자리에 가만히 누워서 가시자고 해도 싫다고 하셨다. 콘도 예약 다 해났다는데도 한사코 마다하셨다.

열일 제쳐놓고 따라가기로 한 동생들도 어머니가 안 가시는데 굳이 무리해서 갈 필요가 없었다.

너무 속상해서 밤나무 아래로 나갔다. 벼를 거두어들인 들판은 쓸쓸하기만 했다.

빈 들녘을 바라보며 혼자서 눈물을 흘렸다. 예약해놓은 콘도 두 개는 취소를 했다가 또 다시 예약을 했으니, 담당자에게 너무 미안해서 다시 취소도 할 수 없었다. 하는 수 없이 우리 부부라도 가는 수밖에⋯⋯.

큰아들네는 바쁜 일이 있어서 점심만 먹고 떠나기로 했고,

작은아들네 식구는 애들 학교 때문에 다음 날에나 할머니를 뵈러 온다고 했으니 갈 사람이 우리 부부밖에 없었다. 무엇보다도 기력이 쇠하셔서 아무리 좋은 곳도 다 귀찮기만 하다는 어머니가 너무 가슴 아팠다.

마음도 우울하고, 다른 형제들보다 먼저 떠나고 싶어서 남편을 재촉해 일어섰다. 어머니가 놀라시며 그렇게 빨리 가느냐고 붙잡으셨지만, 그예 뿌리치고 차에 올랐다.

머리로는 어머니를 이해하면서도 가슴으로는 화가 났던지, 어머니가 부랴부랴 싸다주신 음식 보따리까지 먹을 사람 없다고 차창 밖에 내려놓았다.

차에 올라 출발하자마자 어머니의 손길을 매정하게 뿌리치고 온 게 가슴 아파서 콘도까지 가는 동안 내내 질금질금 눈물을 흘렸다.

그런 내가 꼭 어린애 같은 생각이 들고 시간이 흐를수록 소갈머리 없이 군 자신이 부끄러웠다.

콘도에 들어서니 예약된 415호와 416호 방이 마주 보고 있었다. 식구들이 오가기 편하도록 일부러 마주 보게 방을 부탁했던 것이다.

짐을 풀고 나서 휑뎅그렁하게 큰 방에 누우니 마음은 서글프기만 하고, 후회스러워서 견딜 수가 없었다.

밖이 어두워질 무렵, 동생한테서 전화가 왔다. 모두들 어머니를 모시고 콘도로 오고 있다는 것이었다. 그 말을 들으니 반가운 게 아니라 마음이 더 괴로웠다. 큰딸이 마음 상해서 갔으니 어머니가 불편한 마음에 뒤따라오신 것이다.

동생들이 양쪽에서 어머니를 부축하고 들어서는데, 어머니 얼굴을 바로 볼 수가 없었다. 잠시 쉬다가 어머니를 모시고 모두들 사우나로 향했다. 엘리베이터에서 내려서도 온천장까지 30미터 가량 되는 거리를 어머니는 남동생에게 업혀 가야 했다. 수줍음이 많으신 데다 아들인데도 미안해서 절대로 안 업히시는 분인데, 하는 수 없이 업힌 어머니는 동생 등에서 "아이구, 멀기도 하구나!" 하시며 동생보다 더 많은 땀을 흘리고 계셨다.

사우나에 들어서서 동생들의 부축을 받으며 걸어가는 어머니를 뒤에서 바라보니 언제 그렇게 야위셨는지 뼈대만 남아 있었다. 나중에 체중을 재보니 37킬로그램이었다.

탕 안에 모시고 들어가 한쪽 발부터 담그시게 했다. 두 딸한테 의지해 물속으로 들어가시더니, 넓디넓은 온천탕 안을 여기저기 둘러보시며 "세상에! 이렇게 좋은 데가 있냐?" 하시며 좋아하셨다.

걷질 못하시니 자식들 귀찮게 한다고 아무 데도 안 가시려는 어머니. 그런 어머니를 억지로 오시게 한 게 과연 잘한 일 인지 마음이 괴롭기만 했다.

다리 힘 있으실 땐 여행 한번 못시켜 드리고, 이제 몸 불편하 신 어머니를 강제로 모시고 다니려는 내가 너무 미련한 것 같 아서 나도 모르게 눈물이 흘렀다.

오랜만에 온천욕을 하신 어머니는 너무 피곤하셨는지 저녁 을 드시자마자 일찍 잠이 드셨다. 혼곤히 잠든 어머니 곁에서 어머니를 기쁘게 해드린다던 것이 미련한 짓으로 더 괴롭혀드 린 것만 같아서 밤늦도록 잠을 이루지 못했다.

아, 효도도 때가 있는 법이다.

어버이날 선물

어버이날, 시골집에 우리 형제 내외가 모두 모였다. 손자 손녀들은 직장에 가야 하고, 증손자들은 학교에 갔으니 늙어가는 우리들뿐이었다. 하지만 한자리에 모여 어머니께 드릴 선물들을 하나하나 풀어보며 한껏 즐거운 시간을 보냈다.

자식이 많으니 선물도 다양하다. 굴비도 있고 화장품도 있었다. 그중에서 올케가 사다드린 레이스 달린 하얀 스웨터가 단연 인기였다. 어머니가 맘에 들어 하시니 올케도 기쁜 모양이었다.

나도 매해 선물을 해드렸었는데, 올해는 그냥 돈으로 드리기로 했다. 막상 돈만 드리려니까 왠지 허전한 생각이 들어서 봉투를 내밀며 한마디 덧붙였다.

"어머니, 전 아무것도 안 사왔어요."

그랬더니 어머니가 "돈으로 주는 게 더 좋다." 하시는 거였다. 잘 걷지도 못하시니 시장 가실 일도 없는 어머니가 돈이 필요하다는 건 가끔 오는 증손자들 용돈이나, 손님들의 돌아가는 차비를 꼭 챙기시기 때문이다. 그러니 수중에 돈이 있어야 맘이 편하신 것이다.

웃고 떠들며 선물 개봉을 하는 사이 점심때가 돌아왔다. 동생들이 이것저것 한 상 가득 푸짐하게 차려내어 온가족이 배불리 먹었다. 어머니도 굴비를 뜯어서 밥숟가락에 올려놔 드리니 달게 드셨다.

식사 후에는 케이크를 자르며 다 함께 '어머니 은혜'를 불렀는데, 처음엔 어머니 입가에 미소가 번지더니 어느새 눈가에 이슬이 맺혔다.

우리도 갑자기 목이 멨다.

케이크를 한 조각 잘라 드리니 맛있게 드셨다. 그 모습이 흐뭇한 한편으로, 요즘 소화력이 떨어지셔서 뭘 좀 맛있게 드신다 싶으면 곧 배탈로 고생하시는 것이 떠올라 걱정이었다. 이젠 진지를 안 드셔도 걱정이고 많이 드셔도 걱정이다.

올케가 사다드린 스웨터를 입으신 어머니가 환하게 웃으셨다. 아끼지 말고 막 입으시라고 하면서 가슴이 찡했다. 어머니가 이제 뭘 아끼시랴!

라일락 나무 아래서 작은 남동생과 같이 서 계신 어머니 사진을 찍는데, 그렇게 환히 웃으실 수가 없었다. 아들이 버팀목처럼 어머니 뒤에 서니까 어머니도 흐뭇하고 든든하신 것 같았다.

육남매가 하나도 빠짐없이 다 모여서 어버이날을 함께 보냈다. 오랜만에 어머니가 환하게 참 많이 웃으신 것 같다.

생각해보면 어머니께 가장 값진 선물은 자식들이 곁에 둘러앉아서 어머니 말씀을 들으며 함께 있어 드리는 것이라는 생각이 들었다.

가끔, 어머니께 찾아가 "어머니, 저 엄마가 해주는 밥 먹고 싶어요." 하는 것도 어찌 보면 효도가 아닐는지.

봄날의 가족여행

고무신을 닦아
햇볕에 내놓았다.
어딜 가보게 되지 않으니
신어보지도 않고
또 닦게 된다.

오래전 어머니가 쓰신 일기다. 이 일기를 처음 봤을 때 얼마나 가슴이 아프고 후회스러웠는지 모른다. 여행은커녕 생전 어딜 모시고 간 일이 없다.

고무신을 닦으며 무슨 생각을 하셨을지 가늠해보니, 고생만 하신 어머니가 너무 가여웠다.

그해 봄, 벚꽃이 필 무렵 경주 보문단지로 전화를 해서 벚꽃 만개 시기를 알아본 후, 날짜를 정해 동생들에게 연락을 했다.

2박 3일간 어머니 모시고 여행을 떠나자고 반 강제적으로 일정을 추진해 동생 다섯과 제부들 그리고 올케까지 모두 빠짐없이 여행길에 올랐다.

경주 보문단지에 들어서니 온통 벚꽃 천지였다. 어머니는 "이런 벚꽃 구경은 처음 한다며 어린애처럼 좋아하셨다. 세상에 그렇게 기뻐하시는 어머니 모습을 처음 본 것 같았다.

숙소인 콘도에서도 창문 밖으로 내다보니 온통 벚꽃이었다. 어머니는 창가를 떠나시질 않았다.

어머니가 말씀하셨다.

"느이 아버지 젊었을 때 창경원 벚꽃 구경한 후로 꽃구경은 처음이다."

벚꽃을 보며 돌아가신 아버지 생각이 나셨나보다.

아버지 떠나신 후, 그 빈자리를 홀로 채우시며 우리 육남매를 키우시느라 지난 세월이 얼마나 혹독했으랴! 아마 지금의 밭농사보다도 자식 농사가 몇 배나 버겁고 막막하셨으리라!

다음 날은 바람이 불었다. 바람에 만개한 벚꽃들이 흩날려 꽃비가 내렸다. 가장 아름다울 때 추락하는 꽃은 얼마나 아름다운지.

다리가 아프신 어머니를 위해 휠체어를 빌려 갔는데 처음엔 부끄럽다며 앉지 않으려 하셨다. 하지만 결국 여러 곳을 둘러보려니 할 수 없이 사위가 미는 휠체어에 올라타셨다.

보문호를 골고루 둘러 본 후, 차를 타고 석굴암으로 향했다. 석굴암은 밖에서만 볼 수 있어 아쉽긴 했지만, 유리 안으로만 보시고도 신기해 하셨다.

봄 햇살 아래 어머니를 모시고 안압지, 김유신묘, 천마총 등을 돌아봤는데 그때마다 어머니는 입을 다물지 못하시고 감탄하고 놀라워하셨다. 불국사에서는 불전함에 돈을 넣고 부처님 앞에 절을 올리셨다. 무슨 기원을 하셨을지 모르지만, 아마도 자식들의 건강과 무탈함을 비셨을 것이다.

사찰 경내에 있는 가게에서 맑은 소리가 울리는 작은 종을 사드렸더니 한번 흔들어보시곤 보물처럼 가방에 넣으셨다.

우리는 불국사 뒷마당에서 모두 모여 사진을 찍었다. 그러고 보니 어머니랑 함께 여행 사진을 찍어보는 게 처음인 듯싶었다.

경주 일대를 돌아본 다음 우리는 울진으로 향하다가 강구항에 들러서 대게요리를 먹었다. 그렇게 큰 게는 처음 본다며 신기해 하셨는데, 값을 물어보는 어머니께 제대로 알려드리지 못했다. 분명 비싼 값에 놀라시며 자식들이 돈 많이 쓴다고 걱정하실 게 틀림없었으므로…….

게살을 발라서 접시에 놓아드리니 맛있게 드셨다. 그런 어머니를 지켜보다가 동생과 눈이 마주쳐서 웃다가 목이 메었다. 생전 자식들만을 위해, 당신 자신을 위해선 뭐하나 즐기신게 없으신 어머니다.

동생이 "앞으로 어머니 모시고 여행을 자주 다녀야겠다."고 하자 모두들 고개를 끄덕였다.

그날 어머니와 함께 마주한 강구항 바다는 유난히도 맑고 푸르렀다.

동생이 올라가는 길에 안동 하회마을을 들러보자고 제안했다. 모처럼 나선 여행이니 어머니께 한 곳이라도 더 보여드리고 싶은 마음이었을 것이다. 무리하는 건 아닌가 걱정스러웠지만, 다행히 어머니는 여행의 즐거움에 힘든 것도 잊으신 것 같아 안동으로 방향을 돌렸다.

안동으로 가는 길엔 복숭아 과수원이 많아 아슴아슴하게 보이는 저 멀리까지 온통 복숭아꽃 천지였다. 아롱아롱 가물거리는 아지랑이 속에 핀 꽃이 차를 멈추게 했다. 어머니를 부축해서 차에서 내려 복숭아꽃 구경을 시켜드렸다. 봄 햇살에 나른해진 흙들이 맘껏 봄기운을 뿜었다. 꽃을 바라보는 어머니 흰머리가 바람에 흩날렸다.

어머니를 휠체어에 태우고 천천히 하회마을을 둘러보았다.

하회마을은 큰 길을 경계로 남촌과 북촌으로 나뉘는데, 위쪽이 북촌, 아래쪽이 남촌이라고 한다. 북촌의 양진당과 북촌댁, 남촌의 충효당과 남촌댁은 역사와 규모에서 서로 쌍벽을 이루는 전형적 양반가옥이다. 몇 번이나 왔던 곳인데도 어머니와 함께 둘러보니 느낌이 새로웠다.

특히 하회마을은 낙동강이 마을을 S자 모양으로 감돌며 흐르고 있어 더욱 아름답다.

하지만 아무리 좋은 시간도 잡아둘 수는 없다. 어느새 떠나야 할 시간이다. 시간이 맞지 않아 탈춤 공연을 보여 드리지 못한 아쉬움을 그대로 가슴에 안고 차에 올라 시동을 걸었다.

긴 여행이 힘드셨는지 어머니는 서울로 올라오는 동안 차 안에서 곤히 주무셨다. 내 어깨에 기댄 어머니 머리를 받쳐드리며 저녁노을이 붉게 물들어가는 차창 밖을 하염없이 바라봤다.

그날 저녁 어머니는 일기장에 이렇게 쓰셨다.

우리 자식들은 모두 효자다.
내 생전에 그렇게 호강한 일이 없다.
동남아 여행 다녀온 것보다 더 행복하다.

어머니는 그 무렵 남들이 많이 다녀오는 동남아 여행이 무척 부러우셨나 보다.

겨울이 맞춤하게 떠난 지금, 이 글을 쓰며 창밖을 보니 봄 햇살이 화창한데 어머니는 병원에서 머나먼 길을 홀로 떠나려고 하신다.

"어머니! 사랑해요!"

진작 못해드린 이 말을 미련하게도 이제야 되뇌인다.

엄마, 아프지 말아요!

쉰 살이 되던 해, 나는 느닷없이 잘 다니던 학교에 사표를 던졌다. 그동안 해보고 싶었던 일들을 더 늦기 전에 시작하고 싶은 이유에서였다.

그 후로 예순다섯 살에는 해남에서 통일전망대까지 홀로 국토종단을 했고, 예순일곱 살 되던 해에는 동해~남해~서해를 이어서 걷는 해안일주에 도전해 완주했다. 뿐만 아니라 5대강 걷기를 지금까지 해오고 있다. 그렇게 전국 곳곳의 길을 숱하게도 걸었다.

그런 어느 날, 예순이 다 된 노수녀가 오랜 친구 목사와 함께 산티아고 순례 길을 걷고 쓴 여행기를 읽게 되었다. 그 책을 읽고 나니 불현듯 그 길을 너무 걷고 싶어졌다. 사진 속의 산티아고 길이 강렬하게 나를 유혹했다. 한 번 불이 당겨지니, 산티아고로 향하는 열망이 좀처럼 식을 줄 몰랐다.

그동안 산티아고 순례 길에 관한 책들을 네 권이나 더 사서 읽었다. 책의 권수가 더해질수록 그곳에 가고 싶은 열망도 커져갔다.

하지만 문제가 있었다. 숱한 국내 길을 혼자 걸었지만 아무래도 스페인은 혼자 떠날 엄두가 나질 않았던 것이다. 그래서 여행 플래너인 며느리와 사진가인 큰아들을 설득했다. 함께 꼭 다녀오자고 별의 별 이유를 다 들이대며 설득했지만, 일이 바쁘다며 마다했다. 그때는 정말 얼마나 낙심했는지 모른다.

그런데 얼마 후, 아들 내외한테서 여행을 떠나기로 결정했다는 연락이 왔다. 그렇게 가고 싶던 스페인 여행이었지만, 갑자기 떠나게 되자 마무리해야 될 일들이 하나둘 떠올라 당황하고 허둥댔다. 무엇보다도 건강이 좋지 않은 어머니를 오랫동안 뵙지 못할 것을 생각하니 너무 맘에 걸렸다. 더구나 아들 부부는 산티아고를 간 김에 스페인 전역을 고루 돌아볼 예정이라고 했다.

예정된 여행 일정이 70일이었으니, 그동안 어머니를 뵙지 못한다고 말씀을 드려야 했다. 지난주에 어머니께 갔을 때도 차마 말씀드릴 수가 없어서 그냥 왔었는데, 스페인으로 떠날 날이 며칠 앞으로 다가오자 이제 더 이상 미룰 수가 없었다.

무거운 마음으로 어머니가 계신 일동으로 갔다. 하지만 어머니가 서운해 하실 걸 생각하니 입이 떨어지질 않았다. 결국 간밤에도 그냥 자고 말았다.

아침에 일어나니 곁에서 주무시던 어머니가 보이지 않아 밖으로 나갔다. 어머니는 벌써 밤나무 아래 평상에 앉아 고추를 다듬고 계셨다. 그 모습을 한참 지켜보고 서 있으려니까 가슴속으로 파도가 밀려들듯이 슬픔이 차올랐다.

아침 햇살을 받은 어머니의 몸이 어린애처럼 자그마하고 가벼워 보여서 다 늙은 나 혼자서도 업을 수 있을 것 같았다. 요즘 들어 손목이 시큰거리신다며 손목 보호대까지 두르고도 잠시도 일손을 놓지 않으신다.

귀가 어두운 어머니는 내가 옆에 가서 앉을 때까지 기척을 느끼지 못하고 고추 다듬는 일에 집중하고 계셨다. 그런 어머니 귀에다 대고 소리쳤다.

"어머니!"

"왜 벌써 일어났어? 더 푹 자지 않구."

"……. 엄마, 저 외국 가요!"

"얼마 동안이나?"

'두 달 걸려요!'

차마 두 달이 넘는다는 말을 입 밖으로 내지 못하고 속말로 답했다.

언뜻 어머니 얼굴에 쓸쓸함이 번졌다. 말없이 고추만 다듬으시더니 이내 "그래, 몸성히 잘 다녀와라!" 하셨다. 더 이상 할 말이 없어서 앙상한 어머니 등만 어루만지며 앉아 있었다. 어머니도 말이 없으셨다.

한참 후에 다시 어머니는 "얼마나 먼 곳이니?" 하고 물으셨다. 곧이 말할 수 없어서 "네, 좀 멀어요, 그래도 비행기 타면 금방 와요." 하며 달래듯 대꾸했다.

둘러대는 대답에 어머니는 어린애처럼 고개를 끄덕이셨다. 맏딸이 멀리 떠나서 오래 만날 수 없다는 생각에 얼마나 심란하실지 말하지 않으셔도 너무 잘 안다.

얼마 전에는 해안일주를 하느라고 넉 달 씩이나 어머니를 뵙지 못한 적도 있었다. 그때는 바닷가 길을 걷다가 바다를 향해 "엄마! 미안해!" 하고 소리치며 눈물을 흘린 적도 있었다.

늙은 어머니를 두고 어째서 나는 걸핏하면 자꾸 길 위에 서려고 하는지 모르겠다. 떠나지 않으면 일도 손에 잡히지 않고 가슴이 답답하니 이런 여행 중독증이 없다. 마치 성질 급한 야생 동물을 우리에 가둬둔 것처럼 안정을 하지 못하니 불치병이다.

어머니는 어머니대로 말씀이 없으셨고, 나는 나대로 어머니께 차마 못할 짓을 하는 것 같아 할 말이 없었다.

어머니는 여행 얘기를 다시 꺼내지 않으셨다.

그날 나는 어머니와 배추도 심고 고추도 땄다.

어느새 돌아갈 시간이 다 되었다. 떠날 시간이 되면 어머니는 늘 냉장고 문을 열어 이것저것 꺼내놓으시며 "이거 먹어라. 저거 가져가라." 마음이 바빠 허둥대신다. 그날은 동생이 사간 포도를 꺼내서 두 송이씩 종이에 싸 나눠주셨다. 냉장고 안을 들여다보니 남은 게 하나도 없다. 어머니가 주신 포도를 몰래 냉장고에 도로 넣어뒀다.

차를 타려다가 어머니 곁에 동생들을 앉혀놓고 사진을 한 장 찍었다. 사진에서는 웃고들 있지만 좀 전에 울고 난 얼굴들이다.

막내 동생이 "언니 가는 거 나도 싫어!" 하며 서운해 했지만, 미안하다고, 너희들만 믿는다고 말하면서 서로 눈물을 글썽거렸다. 아마 동생들이 없었더라면 병약한 어머니를 두고 떠날 엄두를 내지 못했을 것이다.

동생더러 사진 한 장 찍어달라고 말하고는 어머니 등에 팔을 두르고 앉았다. 그런데 느닷없이 울컥 눈물이 솟아올랐다. 동생들도 울먹였다.

그러면서 어머니 귀에 대고 울음 섞인 목소리로 소리쳤다.

"엄마, 아프지 말아요! 내가 엄마 선물 많이 사 갖고 올게!"

울음을 참느라 말이 똑똑하게 나가지 않았다.

시동을 걸고 창문을 내려 어머니를 보니 울음을 참으시느라 얼굴이 이지러지셨다. 차가 출발하자 그제야 어머니는 참으셨던 눈물을 쏟아내셨다. 그 모습이 멀어지는 백밀러에 고스란히 담겼다.

건강도 안 좋으신 어머니……. 어머니는 큰딸이 돌아올 날을 눈 빠지게 기다리실 것이다. 그때 나는, 제발 내가 돌아올 때까지 어머니가 편찮으시지 말고 기다려주시길 간절히 빌고 또 빌었다.

젊어서 많이 다녀라

칠순이 되던 해, 나는 제주도 올레길로 여행을 떠났다.

두 아들이 칠순 잔치를 해주겠다고 했지만, 이 바쁜 세상에 사람들을 초대한다는 게 내키지 않았다. 그래서 남편에게 칠순 잔치 대신 제주도 올레 길을 가고 싶다고 했더니 흔쾌히 동의해주었다. 우리는 함께 제주도로 떠날 계획을 세웠다.

장기 여행을 떠날 때면 늘 어머니가 맘에 걸린다.

병상에 계신 어머니께 제주도를 다녀오겠다고 말씀드렸더니, 누우신 채로 이렇게 말씀하셨다.

"그래, 젊어서 많이 다녀라!"

이 말은 어머니가 늘 하시는 말씀이었다.

나는 어머니의 이 말을 처음 만나는 도보 카페 회원들과 여행을 떠나는 차 안에서 자기소개를 할 때 가끔 인용하곤 한다. 칠순의 할머니가 "저희 어머니가 '젊었을 적에 많이 다니라'고 하셔서 왔습니다." 하면 모두 폭소를 터뜨린다. 그렇게 사람들

과 함께 웃다보면 내가 정말 젊어서 기운이 펄펄 넘쳐나는 착
각에 빠지곤 한다.

어머니가 아흔이 넘으셨을 때의 일이다.

작은 남동생이 수원의 회사 옆에 빈 터가 있는데, 거기에 작
은 조립식 집을 지어드릴 테니 그곳에서 농사를 지으시면 안
되겠느냐고 여쭤본 일이 있었다. 그러면 동생이 가까이 있으
니 걱정하지 않아도 되고, 형제들이 어머니를 뵈러 다니기에
도 포천 일동보다 가까워 좋을 것 같았다.

그때 어머니는 "내가 일흔 살만 되었어도 그렇게 하겠다."고
말씀하셨다. 그때뿐만이 아니다.

어머니가 농사짓는 텃밭 옆에 주인이 묵혀두는 밭이 있었
다. 빈 밭이 아까우셨던 어머니는 땅주인의 허락을 받아 그 밭
에 고구마를 심으셨다. 그런데 그 밭에서 나는 고구마가 특히
맛있었다. 다음 해에 땅주인이 그 밭을 판다고 내놓아 큰 남동
생이 사 드리겠다고 하니, 그때도 어머니는 "내가 칠십대만 되
었어도 그렇게 하겠다."고 하셨다.

어머니는 하고 싶은 일의 나이 기준이 언제나 칠십대셨다.
지금 내 나이가 어머니가 그토록 부러워하셨던 그 나이, 바로
칠십대다. 그래선지 나는 '나이가 많아서 뭘 못한다.'는 생각을

일절 하지 않는다.

더구나 이젠 백세 시대다. 그전 시대의 나이로 활동 영역을 가늠해서는 안 된다. 이제는 '노인'을 규정하는 나이의 기준도 달라져야 할 때다. 요즘은 70~80년은 보통으로 사니까 말이다. 길게 보아 80~90년을 산다고 볼 때, 아무것도 하지 않고 뒹군다면 노후 20년은 허송세월하는 거나 다름없다. 백세시대를 살려면 새로운 것들을 배우고 꿈을 가지고 도전해보아야 한다.

올해 나는 일흔두 살이다. 이 나이에도 스마트폰을 배워서 잘 이용하고 있다.

올 봄에 서울 시립미술관에 손녀딸을 데리고 갔다가 점심때가 되어 관내 레스토랑에서 손녀딸이 좋아하는 스테이크를 시켜 먹이는데, "어머니, 우리 보슬이 잘 부탁해요." 하며 아범한테서 문자가 왔다.

그래서 스마트폰으로 스테이크 써는 손녀딸 사진을 찍어서 "이렇게 먹이고 있다."라는 문자와 함께 보냈더니 "어이쿠, 우리 어머니 용돈 넉넉히 드려야겠군요."라는 답이 왔다. 이에 지지 않고 나는 "음 바로 그거야! ㅎㅎㅎ." 하는 우스개 문자를 보내곤 웃었다.

6년 전부터는 인터넷 블로그를 운영하며 많은 사람들과 소통하고 정보도 얻는다.

올 4월부터는 정동 아카데미에서 '여행작가 되기'라는 강좌도 수강하고 있다. 젊은이들과 섞여서 공부하는 게 아주 재밌다. 강좌 20시간 듣는다고 해서 여행작가가 되랴만, 20시간을 배우다 보면 뭔가 새로운 걸 한 가지라도 얻게 되지 않겠나.

인터넷을 돌아다니다가 '노인 규칙'이라는 글을 읽었다.

1은 하루 한 가지씩 좋은 일을 하고,

10은 하루 열 사람을 만나고, (여러 사람을 만나란 뜻일 것이다.)

100은 하루 백 자를 쓰고, (뭔가 기록을 하란 뜻.)

1000은 하루 천 자를 읽고, (독서를 하라는 것.)

10,000은 하루 만 보를 걸어라.

이것을 실천하면 바람직한 노인이 될 것이다.

아흔의 어머니가 칠십대를 젊은 나이로 생각하셨듯이 나이는 상대적인 숫자일 뿐이다. 나이 들었다고 두려워하지 말고 "내 나이가 어때서?" 하고 과감하게 새로운 일에 도전한다면, 노년에도 청춘 못지않게 활기찬 생활을 할 수 있으리라.

도토리 줍던 날

어머니는 산을 좋아하셨다.

다리가 불편해지기 전에는 해마다 이모님과 함께 봄에는 산나물을 뜯고, 가을에는 도토리를 주우러 다니셨다. 하루 종일 산을 헤매며 거둔 산나물을 풀어놓으면 집 안 가득 싱그러운 산나물 향기가 퍼지곤 했다. 특히 도토리 줍는 것을 좋아하셔서 가을이면 도토리를 몇 가마씩 주워 오셨다.

포천 일동에는 내 손아래 남동생의 처가가 있는데, 사돈댁 바로 뒷산에는 밤나무와 도토리나무가 무척 많이 자란다. 그래서 해마다 가을이면 사돈댁에서 도토리 주워 가라는 연락을 해온다.

어머니가 다치시기 전해 가을에도 어머니를 모시고 여동생과 함께 사돈댁 뒷산으로 도토리를 주우러 갔었다. 거동을 잘 못하시니 동생과 양쪽에서 어머니를 부축해 도토리나무 아래 앉혀드렸다. 자리를 잡자마자 어머니는 이리저리 기어 다니시며 도토리를 주우셨다. 그때 어머니 표정에서는 생기가 묻어 났다.

그런 어머니를 지켜보다가 동생과 나는 눈짓으로 작은 꾀를 공모했다. 도토리를 주워다가 어머니 둘레에 몰래 뿌려놓고 낙엽으로 덮어두는 것이었다. 그런 줄도 모르고 어머니는 낙엽 속에서 도토리들을 찾아내시며 "어쩌면 도토리가 이렇게 많이 떨어졌냐. 올핸 더 많이 열린 것 같다."며 마냥 기뻐하셨다. 그 모습에 동생과 나는 서로 마주보며 그저 웃을 뿐이었다.

두 시간 동안 셋이서 주운 도토리를 모으니 두 말이 넘었다. 게다가 사돈댁에서 도토리를 한 말쯤 더 주셨다. 이제 그 도토리들을 가루로 만들어 맛있는 묵을 만들어 먹으면 된다.

그런데 도토리가루 만드는 일이 보통 번거로운 것이 아니다.

우선 방앗간에 가서 도토리를 갈아다가, 가루를 자루에 담고 물을 부어가며 치대서 앙금 물을 낸다. 다 우러나면 자루 속 찌꺼기는 버리고 앙금 물은 가라앉았다가 윗물은 따라 내고 앙금만 햇볕에 말린다.

그 과정을 지켜보노라면 너무 힘들어 만들 엄두가 안 나는데도, 어머니는 해마다 도토리가루를 내서 육남매에게 나눠주셨다. 어머니가 만들어주신 도토리 가루로 묵을 쑤어 먹다가

다른 도토리 가루를 써보면 영 맛이 다르다. 어머니가 만든 도
토리묵은 채를 쳐놓으면 윤기가 나고 하늘하늘한 게 탄력이
있었다.

이렇게 수고로움을 감수하고 어머니가 만들어주신 것은 도
토리가루뿐만이 아니었다. 겉보리를 사다가 직접 길러서 엿
기름을 만들어주기도 하셨다. 어머니가 주신 엿기름은 밥알
이 순식간에 잘 삭았다. 그것으로 식혜를 만들어놓으면, 맛을
보는 사람들마다 어쩌면 식혜를 이렇게 잘 만드느냐고 난리
였다.

돌이켜보니 평생을 그렇게 어머니 그늘에서 살았다.

어머니가 계셔서 장을 비롯해 손이 많이 가는 귀한 음식들
을 사시사철 끊이지 않고 맛볼 수 있었고, 그 손맛에 기대어
지금껏 살아올 힘을 얻었던 듯싶다.

도토리가 떨어질 무렵이면, 지난 시절 어머니 모습이 눈앞
에 아른거려 어찌 가을을 보낼까 벌써부터 걱정이다.

「찔레 - 기억의 저편」120×80cm, 아마포 위에 유채, 2006

3부
모두 내 친구

창밖에 부는 바람.
죽음의 신음 소리도 들었을 것이고
갓 태어난 아기의 숨소리도 거쳐 왔을 것이다.
잠 못 이루는 이 밤.
바람에게 많은 사연을 듣는다.

우리 집 풍경

1 내 방

내 방에는 별 게 다 많다.

큰딸이 쓰던 화장대와 전화기, 아들이 사준 텔레비전, 딸들이 사준 옷장이 있다. 화장대 위에는 손자들이 선물한 화장품도 있고, 조화도 있다. 벽에는 달력, 시계, 구리로 만든 붕어 장식품이 걸려 있다.

딸들은 방이 어수선하다고 웬만한 것들은 버리라고 하지만 하나하나 둘러보면 자식들 손 안 간 게 없다. 물건들은 낡고 보잘것없지만 손때 묻은 그것들을 보고 있으면 정이 간다.

내가 죽고 나면 저것들도 모두 태워져 재로 변할 것이다.

오늘도 딸이 쓰던 화장대 거울을 닦아본다.

거울 속에 딸의 얼굴이 보이는 것 같다.

2 장독대

우리 집에는 장독이 많다.

너무 커서 쓰지 않게 된 커다란 독도 있고 된장, 막장, 간장을 담는 독과 고추장 항아리들이 있다.

고추장 항아리는 우리 것 말고도 석교네(맏딸네), 인찬이네(작은아들네), 명화네(셋째 딸네) 것까지 있어서 항아리가 많다. 아파트에 사니까 보관이 어려워 여기다 두고 조금씩 갖다 먹는다. 간장이나 된장도 갖다 먹는다. 요샌 샘표간장을 많이들 먹어서 그런지 조선간장은 많이 먹지 않는다.

여러 남매들 것이 다 모인 우리 장독은 보관도 쉽지가 않다. 해가 나면 뚜껑을 열어놔야 하고 저녁이면 닫아야 한다. 자주 물걸레질도 해주어야 장독이 반짝반짝 윤이 난다.

옛날에는 장독을 아주 소중히 여겼다. 장독을 보면 안주인을 안다고 했다. 그러나 요즈음에는 고추장, 된장을 모두 사다 먹는 시대가 되었다. 그러니 앞으로는 장독이 필요 없을 것 같다. 내가 죽은 뒤에 이 많은 독과 항아리들은 쓸 데가 없어질 것이다.

그런 생각들을 하면서 장독을 보면 장독들의 신세도 내 신세와 같다는 생각이 들어서 쓸쓸하다.

3 고향집 창호지 문

창호지 문은 말소리가 새 나온다. 창호지 문은 말소리를 막지 못한다. 그러나 창호지 문은 따뜻하다.

고향의 문들은 창호지 문이었다. 불빛이 비친 창호지 문은 아주 정답다. 문풍지 우는 소리를 들을 수 있는 것도 창호지 문이다.

유리문은 말소리를 막고 공기를 막아주지만 따뜻하지 않다. 정답지 않다.

4 닭장

닭장 안의 닭이 추운 듯 웅크리고 있다.

드러난 닭발이 시려 보인다.

그러나 바람에 날리는 깃털은 더 으스스하다.

5 닭의 죽음

기르던 닭이 죽었다. 수탉 한 마리에 암탉 두 마리였는데, 머저리 같은 암탉은 안 죽고 알 잘 낳고 예쁘던 암탉이 죽었다.

모이는 잘 안 주고 음식 찌꺼기만 먹여서 병이 났나 보다.

죽은 닭을 보니 가엾어서 눈물이 났다.

살아남은 병신 같은 닭이 밉다.

나의 성격

나는 지금까지 살아오며 고비고비 어려움이 닥칠 때마다 긴 안목으로 앞을 내다보며 이겨나갔다. 참으로 견디기 어려운 고비들이 많았다.

젊어서 어려웠던 시집살이도, 남편이 속을 썩였을 때도, 육 남매 데리고 혼자되어 막막했을 때도 그저 버티어 나갔다.

이제 그 힘든 고비들을 넘기고 나서 한 숨 돌리려 하나, 몸이 늙고 병들어 쇠약해지니 허망하기 짝이 없다.

지금도 일거리는 태산 같은데 일할 사람은 없으니 누워 있을 수도 없다. 그러니 내 몸은 희생이 되어도 뼈가 빠지게 일을 해야 한다.

나는 젊어서부터 일을 놔두고는 잠을 못 자는 성격이다.

일이 암만 많아도 남한테 일을 맡긴 적이 없고 내 몸을 아낀 적이 없다. 내 몸이 부서져도 내 일은 내가 해야 했다. 죽으면 썩을 몸인데 아껴서 무엇하나 하는 것이 내 생각이다.

그러면서도 이런 내 마음을 아무도 몰라주니까 서운하기도 하고 안타깝기도 하다.

1

희미한 등불 아래 오순도순 모여 앉아서 따뜻한 대화를 나누었다.

우리 인생은 돌고 도는 물레방아 같다.

흘러간 추억을 되돌아본다.

지난 세월 생각하면 그때가 행복했다.

젊은 날에는 하찮은 일에도 웃음꽃이 피었는데, 노년에 이르니 아무리 좋은 일이 있어도 좋은 감정이 생겨나질 않는다.

내 성격은 차고 붙임성이 없다.

나는 남의 마음을 훈훈하게 해주지 못한다. 표현을 잘 못해서 그렇다. 남에게 잘해주려고 노력을 해도 남이 그것을 몰라줄 때 나는 아주 가슴이 답답하다.

서글픔이 앞선다.

2

옛날에는 누가 무어라 하여도 아무 노여움이 없었다. 이제는 내 마음이 변했나. 누가 무어라 하지 않아도 노여움만 늘

고, 허전한 생각이 들고, 울적하고 쓸쓸함을 느끼며 마음을 걷
잡을 수가 없다. 그럴 때는 일에다 고독을 푼다. 누가 눈치만
달라도 가슴이 두근두근하며 마음을 의지할 곳이 없다.
　나는 병적인지도 몰라, 마음이 항상 편하지 못하며 앉으나
서나 불안하고 초초하다. 이것이 내 성격인가 보다.

　오늘은 아침부터 비가 내린다.
　방 안에 혼자 앉아 빗소리를 듣는다.
　텔레비전을 보지도 않으면서 켜놓았다.
　빈 집에 혼자 있다는 기분이 좀 덜하다.

3
　눈물 젖은 빵을 먹어 보지 않은 사람과 인생을 논하지 말라.
젊어서 고생은 사서도 한다.
　고생을 안 해본 사람은 값어치가 없다는 말들이 이제는 가
슴에 와 닿을 나이가 되었다.
　다 겪어보았으니 내 인생이 값어치가 있다.
　배고픈 설움은 고파본 사람만이 안다.
　나는 남의 아픔을 안다.

4

젊은 날에는 일 같지도 않았던 일들이 팔십 고개를 오르니 힘에 부치고 해내기가 어렵다.

집안일은 해도 해도 끝이 없고, 일 좀 하고 나면 허리가 끊어지는 듯 아프다.

안 하려고 해도 눈으로 보고는 안 할 수가 없다.

요즘엔 마당에 떨어지는 낙엽이 몇 번을 쓸어도 안 쓴 것 같다.

나의 취미

우리 집 옥상은 내 텃밭이다.

망가진 냄비, 세숫대야, 스티로폼 멍게 통에 흙을 퍼다 담아 고추, 상추, 파, 쑥갓, 들깨를 심었다.

아이들은 내가 기운이 뻗쳐서 옥상을 오르내리는 줄 알지만, 내 몸은 언제나 천근만근 같고, 그 고통은 아무도 모른다. 그러나 아프다고 구들장만 지고 누워 있으면 더 견디기가 어렵다. 하루에 두 번씩 옥상에 올라가 채소에 물을 주고 내려온다.

씽씽한 상추와 무럭무럭 자라는 고추들 한 대 한 대 만져보는 그 느낌이 자식을 기를 때처럼 대견하고 흐뭇하다.

채소 가꾸는 데 취미를 붙이고 하루하루를 살아간다.

1

나의 아무 취미 없는 생활에 고독이 앞을 선다. 그래서 닭 울음소리만 들어도 신기하여 그 닭에다 취미를 삼고, 고추 한 포기에다 낙을 삼아 공을 들이면, 공 들인 만큼 열매를 맺는다.

채소나 가축이나 자식 같다. 공을 들이면 뿌리 없는 채소도 뿌리를 내려 꽃을 보여준다.

무엇이든 공들이면 안 되는 것이 없다.

사람 못된 것은 짐승만도 못하다. 말 못하는 짐승이라도 저 먹은 공은 안다. 그래서 말 못하는 채소며, 가축이 내 벗이 된다.

아침저녁으로 옥상에 올라가 채소에 물을 줄 때마다 자식 기르던 때와 같이 대견한 그 마음으로 흐뭇하다.

나의 다짐

내가 걸어온 길을 돌아보면 자국마다 눈물이 고였다. 남들은 상상도 할 수 없는 슬픈 전설 같은 내 일생. 해도 해도 끝이 없는 내 고민. 이젠 하늘에다 맡길 수밖에 없다.

나는 남을 슬프게 할 수 없다. 내 길목에 불쌍한 친구 있으면 못 본 체하지 못한다. 남 불쌍한 것을 못 본다. 아무것도 없는 주제에 마음만 앞서니 안타깝고 측은할 뿐이다.

살아 있는 동안에 보람 있는 일을 하자, 올바르게 살자,

그리고 아름답게 살자고 다짐했다.

자식들에게 밝은 빛을 주고 내 분수를 지킨다.

허영된 마음을 뿌리치고 진실되게 살리라.

얼마 남지 않은 내 인생을 소중히 여기며 사랑해야지.

살림에 부딪히고 찬 마음에 부딪힌 마음,

쌓이고 쌓인 푸념들은 다 바람에 날려 보내고,

앞으로는 남은 여생을 웃으며 살리라.

1

신년 새아침, 새로운 마음으로 맑은 정신으로
노력하며 서로서로 협력하자.
일심 단결하여 가파른 고개를 오르고, 고생도 낙으로 알고
가슴을 활짝 펴고 희망찬 첫걸음을 내딛자.
행복의 나무가 옥토에 길게 길게 뿌리를 내리고
줄기가 하늘을 향해 치솟을 때, 집안에 웃음꽃이 피리라.
신년 새해에도 부지런히 살자.
후회가 남지 않게 부끄럽지 않게 살자.
비나이다.
우리 집안에 건강과 화목을 주소서.

2

행복을 찾자, 찾자, 모든 잡념을 잊자, 잊자.
쓸쓸함도, 괴로움도, 서글픔도, 노여움도, 고독함도, 아픔도,
멀리멀리 바람결에 실어 보내자.
행복을 되찾자 찾아보자.
웃음을 되찾자 찾아보자.
식구들을 이해하자, 식구들에게 사랑을 베풀자,
슬픔을 누르고 웃어보자.

3

하늘은 높음을 자랑하고 바닷물은 깊음을 자랑한다.

땅은 넓고 포근하여 온갖 것을 다 품어준다.

우리 인생길 바람이 몰아쳐도 꿋꿋하게 버팀을 자랑하자.

용기내서 살아보자.

힘내서 살아보자.

약해지는 마음

오늘 저녁에는 내가 나에 대해서 실망이 컸다. 정신이 희미해지고 점점 오락가락한다.

저녁 식사를 마치고 가스 불 위에 보리차를 올려놓았는데, 보리차가 졸아서 다 타도록 몰랐다. 그렇지 않아도 위험한 일을 저질러서 당황하고 몸 둘 바를 모르겠는데, 인성 아범(큰아들)은 불낼 뻔했다고 찬바람이 일게 냉정해서 변명도 할 수가 없었다.

무안하고 서러워서 눈물이 났다. 자식이 야속한 게 아니라, 내가 이제 쓸모없는 인간이 되었나 보다 하는 생각에 살아 있는 것이 괴롭고 슬펐다.

늦게까지 잠을 이룰 수 없었다.

1

인성이 어멈(큰며느리)은 월급을 타면 꼭꼭 용돈을 준다. 저

녁에 퇴근할 때는 바나나며 귤이며 또는 과자를 사다준다. 저
희들은 나한테 하노라고 하는데, 늙으면 아이가 되나 보다. 나
도 모르게 공연히 신경질만 늘고 노여움만 는다.

늙으면 마음도 약해지나 보다.

생각하면 골낼 일도 아닌데 골만 낸다. 울 일도 아닌데 운다.

지나고 보면 모두 내 잘못이고 내 탓이다.

참을성도 부족해졌다.

이런 나를 나도 잘 안다.

인성 어멈아, 얼마나 권태증이 나고 짜증스럽겠니?

미안하다.

2

웬일인지 나는 마음이 점점 약해져간다.

누가 조금만 따뜻하게 대해주어도 그 사람한테 마음이 확
쏠리고, 누가 조금만 서운하게 해도 마음이 쓰리고 아프다. 사
는 동안 내 마음을 식구들이 좀 북돋아주었으면 좋겠다.

따뜻한 대화에 목마르고 물 한 모금이 아쉽다. 빈 방에 쓸쓸
히 누워 이리 뒤척 저리 뒤척 잠을 못 이룬다.

이러다가 화장실에도 내 발로 못 가게 되면 나는 어찌하나.

깊어가는 밤과 함께 근심도 깊어간다.

3

인생살이가 한 포기 들꽃과 같다.
가을 기러기 울음소리 꿈속같이 사라지고
머지않아 흰 눈이 펄펄 내리리라.
거울 속의 일그러진 내 얼굴 모습 참으로 비참하다.
어디를 가나 내 모습을 떳떳하게 내놓기가 어렵다.
어딜 가든 용기가 없고 어딜 가든 풀이 없다.

4

우리 집안은 삭막하다.
마음을 붙일 데가 전혀 없다.
따뜻한 손길, 따뜻한 대화가 그립다.
아들이라고 일주일에 한 번 만나 식사 때나 잠깐 본다.
정연이(큰아들)는 피곤한 탓이겠지만
엄마한테 무슨 말이든 전혀 없다.
서늘한 가슴을 안고 밤이면 잠이 안 온다.
우리 집안에서 오순도순은 멀어지고 냉랭한 바람만 인다.
내 곁에는 아무도 없고 나에게는 아무도 관심이 없다.

다 사람 사는 일이라오

1

인간이란 덕을 많이 쌓아야 한다.
인간은 죄를 많이 지어
어머니 배 속에서 나오자마자
죽을 날이 시곗바늘같이 다가온다.
인간은 그것을 깨닫지 못한다.
사람들아, 욕심을 두지 마라.
죽음이 한 걸음 한 걸음 다가온다.
그날을 준비할 일이다.

2

부귀영화는 한나절의 뜬 구름 한 조각,
떠도는 구름 같다.
부귀영화를 부러워하지 마라.

모든 것이 다 꿈이다.

가는 세월 아쉬워하지 마라.

누구나 자연으로 왔다 자연으로 되돌아간다.

3

미워도 한세상, 좋아도 한세상.

마음을 추슬러 내 마음을 달래본다.

구름 따라 바람 따라 한세상, 그럭저럭 한세상.

미련을 두지 마라.

뒤돌아볼 것이 없다.

4

남을 탓하지 마오.

모든 것이 다 내 잘못이오.

세상살이 근심 걱정 없으면 무슨 재미로 사나.

아프고 괴로운 일도 사람 사는 일이라오.

외롭게 홀로 앉아

1

그 먼 곳, 그곳은 어딘가.

그곳엔 불쌍하신 우리 어머님

근심걱정 잊고 계실까.

가엾게 죽은 우리 무남이

방실방실 웃고 있을까.

나는 죽어 백조가 되어

훨훨 날아갈 수만 있다면

이별 없는 그곳에 내리고 싶다.

2

이별의 끝은 어딘가요.

어떻게 지난날을 살아왔는지 나도 몰라.

그 외롭고 거센 바람을 헤치고, 눈보라 가시덤불을 헤치고,

어떻게 살아왔는지 나도 몰라, 몰라, 너무 허무해.
아기는 잠들었지만,
갈매기 울음소리에 곤한 아기 잠 깨울까 두려웠다.
겨울, 얼어붙은 달빛 강, 쓸쓸한 겨울 강.

3

이 길로 가면 너무너무 지루하다.
이제는 좀 다른 길로 가련다.
지루한 생활을 바꾸고 싶다.
평소의 답답한 길 되돌아본다.

이 길은 쓸쓸한 길, 외롭고 허망하였다.
언제나 허전함을 못 이겨 남몰래 눈물지으며 걸어온 길.
아무도 모른다.
여러 남매들은 하노라 하여도
나는 언제나 줄에 앉은 새의 몸 같다.

4

나는 바깥세상을 모르고 산다.
젊어서는 일에 휘말려서 그랬고,

칠십 고개, 팔십 고개 되니,

늙고 병들어 바깥세상을 모르고 산다.

일생을 우물 안 개구리처럼 숨이 막히게 살았다.

헐벗고 주접에 싸여 사람 구실을 못하였다.

새는 둥지를 벗어나야 훨훨 날아 바깥세상을 구경하고,

물고기는 물이 있어야 헤엄을 친다.

나의 이 답답한 신세 한탄만 는다.

그 누구를 원망 하겠나, 다 내 운명인 것을 어쩌겠나.

이렇게 사는 날까지 사는 거다.

5

인간은 외롭다.

사랑하는 사람들이 곁에 있어도,

좋아하는 이들이 옆에 있어도,

그것은 영원하지 못한 한순간의 존재들이다.

그렇기 때문에 사람은 외롭기 마련이다.

6

갈대꽃 마른가지 서그럭 서그럭 부딪치는 소리는

내 가슴에 외로움이 서그럭 서그럭 부딪치는 소리.

7

외롭고 고독할 때는
누구라도 아무라도 찾아왔으면 좋겠다.
땅을 기어 다니는 개미도 반갑고
나뭇가지에 앉은 새도 반갑다.
구름도 바람도 꽃도 나무도 모두 내 친구다.

8

오늘은 전화 한 통도 없고 찾아오는 이도 없었다.
외딴섬에 혼자 버려진 것 같다.

9

내 생활은 어제가 오늘 같고 내일이 오늘 같다.
아무런 변화가 없다.
어디 갈 곳도 없고 찾아오는 사람도 없다.
하는 일도 매일 똑같다.
앞으로 살날이 얼마 남지 않았는데,
이렇게 사는 것이 안타깝다.
소중한 하루하루를 이렇게 허비하니까
괜히 초조하고 마음이 편하지 않다.

10

아름다운 꽃은

인간들의 오욕을 모두 버렸기에 아름답다.

외롭게 홀로 앉은 수행자,

외롭다는 생각마저 버렸기에 자유로웠다.

「진달래─이 땅의 어머니들을 위하여」 21×18㎝, 돌 위에 유채, 2005

기쁜 기다림은 힘이 된다

1

말은 채찍의 그림자만 보아도 달린다.
멍에를 쓰고 달린다.
측은한 말.
인생도 말과 같다.

2

내 몸은 응지에 피었다 시든
꽃 한 송이 같도다.

3

나뭇가지에 앉은 새 한 마리,
누가 무어라 말하지 않았는데도
어디론가 흔적 없이 날아갔다.

4

창밖에 부는 바람,
죽음의 신음 소리도 들었을 것이고
갓 태어난 아기의 숨소리도 거쳐 왔을 것이다.
잠 못 이루는 이 밤,
바람에게 많은 사연을 듣는다.

5

멀리 일선에는 벌써 첫눈이 왔다는데
나는 벽에 기대 앉아
낙엽 뒹구는 소리를 듣는다.

6

멀어져가는 뒷모습에 마음이 아프구나.
언제 다시 오려나, 끊임없는 기다림.
살아 있는 명줄이 끊어지지 않는 건
기다림 때문이다.

7

기쁜 기다림은 힘이 된다.

기다리는 것이 괴로워도
기다림 때문에 하루하루를 견딘다.

8
한밤에 풀벌레 소리 허공을 가르네.
보슬보슬 보슬비 온밤을 적시네.
방울이 가슴에도 예쁜 비 내리네.

9
쓸쓸한 바닷가에 물새 한 마리
무슨 생각하고 혼자 섰느냐.
차가운 바닷물에 발이 젖는다.
발 시린 줄도 모르고 서 있는 물새.

10
여보게, 누가 사십 고개를 불혹 고개라 했다는데
내 나이 팔십 고개는 망령 고개 같으이.

세 번째

우리 가족 이야기

어머니는 혼자 힘으로 육남매를 모두 결혼시키고, 큰 남동생 내외와 함께 서울 집에서 사셨다. 친정집 2층에 살고 있는 막내 여동생의 남매도 어머니가 길러주셨다.

어머니가 글을 배우기 시작한 것은 맏손자인 인성이가 초등학교에 입학하던 1985년 무렵으로 짐작된다. 아마 숙제하는 손자를 따라 어깨너머로 배우셨던 모양이다. 필순을 제대로 익히지 못해 쓴다기보다 그리는 것에 가까웠지만, 그 솜씨로 쓰신 8권의 일기장이 10년 후 친정집 장롱 서랍에서 발견되어 온 가족이 놀랐다.

1985년은 큰 남동생이 경기도 포천군 일동면에 조립식 집이 달린 땅을 사 어머니의 시골생활이 시작된 해이기도 하다. 처음에는 한 달에 며칠씩만 내려가 농작물을 관리하셨지만, 그 생활을 무척 즐기셔서 2년이 지나고부터는 매년 4월초부터, 육남매의 김장과 메주 쑤는 일로 한해 농사를 마무리하는 11월말까지 시골집에 머무셨다. 그때는 비교적 건강하셔서 시골 생활을 홀가분하고 편안해하셨다.

시골집이 생기기 전에는 서울 집 옥상에서 푸성귀를 기르셨다.

▶ 포천에 있는 어머니의 시골집
▼ 어머니가 쑨 메주

갈 땐 좋고, 올 땐 마음 아픈 길

어머니가 시골에 내려가 농사를 지으신 햇수를 꼽아보니 23년이나 된다. 일흔 되시던 해인 1985년부터 넘어져 다치신 2008년 7월까지다. 참 오랜 세월 농사일을 하신 셈이다.

원래 어머니가 계신 친정집은 서울이다. 그런데 오래전 남동생이 포천 일동에 조립식 집이 달려 있는 땅을 마련했다. 어머니는 그때부터 일동에 내려가 농사를 지으셨다.

처음엔 남동생이 사놓은 땅을 보러 일동에 가셨는데, 집도 달려 있는 텃밭을 그냥 묵히는 걸 보시더니 그곳에 가서 농사를 짓겠다고 하셨다. 마당에 큰 밤나무도 있고, 차디찬 지하수도 펑펑 나오는 데다가 집 둘레엔 질경이며 쑥이 지천으로 자랐다.

원래 시골 생활을 즐기시던 어머니는 그곳이 아주 맘에 드셨나보다.

처음엔 며칠에 한 번씩 모셔다 드렸는데, 나중엔 아예 서울

집으로 돌아오실 생각을 하지 않고 그곳에 머물러 농사를 지
으셨다.

어머니 고향은 강화도 하점면이다. 어려서부터 시골 생활을
하셔서인지 밭을 가꾸며 푸성귀들 키우는 걸 좋아하셨다. 더
구나 가꾼 채소들을 자식들에게 나눠주시는 걸 큰 행복으로
여기셨다. 무엇보다도 어머니는 그곳에서 자유를 만끽하시며
너무 편안해하셨다.

서울 집에서는 하루 종일 하는 일 없이 누워 있으니 여기저
기 아픈 데만 많고 사는 낙이 없다고 하셨는데, 시골에서는 이
웃 할머니들도 사귀고 텃밭을 가꾸는 재미가 있어 힘들긴 해
도 서울 집보다 훨씬 좋다며 아예 올라오실 생각을 하지 않으
셨다.

그렇게 한 20년 가까이는 그런 대로 취미 삼아 하시는 모습
이 보기 좋아 보였다. 하지만 아흔이 넘어서면서는 기력이 쇠
하여 밭고랑을 엉금엉금 기어 다니며 일을 하시니 우리 형제
들의 걱정이 이만저만이 아니었다. 절대 안 된다고 온 자식들
이 나서 극구 말려도 막무가내로 시골에 가시겠다고 고집을
부리시니 모셔다 드리는 수밖에 도리가 없었다. 시골이 편하
고 자유스럽단 말씀을 되풀이하셨다.

서울에선 뭐가 그리 자유롭지 못하신가 궁금했는데, 언젠가

지나는 말로 서울 집은 너무 깔끔해 늘 조심스럽다는 것이다. 남동생 성격이 무척 깔끔해서 집 안을 먼지 하나 없이 깨끗이 청소를 하는데, 연세든 어머니는 몸이 불편하시니 뭘 좀 하신 다고 움직이면 깔끔한 집 안을 어지럽혀놓기 일쑤였다. 그때 마다 동생이 빗자루로 쓸고 걸레로 닦고 하니 그게 미안하고 불편하셨나보다. 그 말씀을 듣고 보니 어른 모시는 집안에서 너무 쓸고 닦는 것도 노인에겐 부담스러울 수 있겠다는 생각 이 들었다.

아흔이 넘은 어머니가 시골 생활을 고집하시니 농사철이 되 면 우리 육남매가 번갈아 가며 어머니를 뵈러 다니게 되었다. 그래도 너무 불안해서 육남매 전화번호를 벽에 붙여놓고, 이 웃집 할머니에게도 복사해서 갖다드리고 무슨 일이 있으면 연 락해달라고 신신부탁을 했다.

나도 인천에서 일동까지 직접 운전해 오가길 20년을 넘게 했다. 만만치 않은 거리였지만 일흔이 되도록 찾아갈 어머니 가 계시니 그것만으로도 큰 복이라 여기고 다녔다.

그날도 차 트렁크에 어머니가 좋아하시는 수박과 고기, 과 자와 음료수 등을 잔뜩 싣고 일동에 도착하니 오전 7시였다. 어머니는 벌써 밭에 나가셨는지 마당에 서서 불러봐도 대답이 없으셨다. 여든이 넘으시자 귀가 어두워져 아무리 불러도 듣지 못하신다. 밭으로 나가 살펴봐도 옥수수가 꽤 자라 어머니가 보이지 않는다. 고랑마다 찾아다녀도 안 계셔서, 집 뒤에 있는 땅콩 밭으로 가보니 거기서 밭을 매고 계셨다.

가까이 다가가서 등을 두드리며 "엄마!!" 하고 불렀다. 날 보시더니 어린애처럼 환하게 웃으며 그렇게 좋아하실 수가 없었다.

나는 얼른 안에 들어가 옷을 갈아입고 서둘러 호미를 찾아 들고 밭으로 나갔다. 목에는 수건을 두르고 꽃무늬 일바지 위에 헌 셔츠를 입은 데다 챙 넓은 모자까지 쓰고 나서니, 순식간에 영락없는 시골 할머니 모습이 되었다.

밭으로 나가니 지난주에 김을 맸는데도 풀이 무성하다. 땅콩 밭 한 이랑을 매고 북을 주고 나니 허리가 끊어질 듯 아팠다. (큰 산 종주는 하면서 밭매기는 영 못하겠다!) 너무 힘들어서 "아이구 사 먹는 게 백번 낫겠다." 하며 밭둔덕에 그대로 벌렁 누워버렸다. 등에 느껴지는 부드러운 흙의 촉감이 싫지 않았다. 더구나 20년 넘게 어머니가 농사를 지은 곳이니 밭고랑마다 어머니 땀방울과 손길이 스며들었을 것이다. 그런 생각을 하니 맨흙 위조차 더없이 포근하게 느껴졌다.

하늘엔 목화 솜 같은 흰 구름이 흘러가는데, 어디선가 뻐꾸기 소리가 들렸다. 마치 고향에 온 것처럼 안온한 느낌이 들었다. 하긴 어머니 계신 곳은 어디나 고향이 아닌가. 세상사에 부대껴 어수선했던 마음이 고요해졌다. 가물가물 졸음이 나른하게 퍼져가다가 어머니 생각에 후딱 일어났다. 풀 한포기라도 더 뽑아드리고 가야겠다는 마음에 다시 호미를 집어 들었다.

밭을 다 매고는 아욱과 상추를 뜯었다. 식구가 단출해서 먹을 사람도 없지만 어머니가 농사지은 걸 갖다가 이웃과 나눠 먹을 생각에 상자에 가득 눌러 담았다. 파도 뽑고 마늘도 캤다. 밭고랑에 무성한 비름나물도 한 자루나 뜯었다. 어느새 온몸이 땀으로 젖고 손톱엔 풀물이 들고 흙이 박혀서 엉망이다.

아욱국과 열무김치, 상추와 쑥갓, 풋고추, 비름나물 무침으로 꿀맛 같은 점심을 먹었다. 인천 우리 집에서와는 다른 완전한 건강 식단이다. 어머니는 당신이 끓인 아욱국에 밥을 말아서 볼 미어지게 먹는 딸을 보며 너무 좋아하셨다. 부모에게 자식 배불리 먹는 것보다 보기 좋은 게 어디 있으랴.

상을 치우고 마당 밤나무 아래 있는 평상 위에 올라 앉아 집으로 가져 갈 푸성귀들을 다듬었다. 아욱 껍질을 벗기고, 파 다듬고, 밭에 떨어진 살구도 줍고 하는 사이 어느새 하루가 저물었다.

어머니는 "아이구, 시간도 잘 간다." 하시며 벌써부터 서운한 기색이셨다. 그러면서도 이것저것 차 트렁크에 자꾸만 갖다 실으신다. 주시는 것들을 사양하지 않고 가지고 가는 것도 어머니를 기쁘게 해드리는 일이라는 생각에 그대로 다 받아 넣었더니, 어느새 트렁크가 가득 찼다.

어머니 마음이란 자식에게 주고 또 줘도 늘 부족한 것인가 보다.

아, 우째 이런 일이!

그때를 생각하면 지금도 아찔하다. 형제들이 모두 모여 어머니가 가 계신 시골집 대청소를 해드린다고 방에서부터 마루, 주방까지 말끔히 치워냈다.

꼬질꼬질 때가 끼어서 닦이지도 않는 플라스틱 대야, 몇 번이나 태워서 새카맣게 된 냄비, 뚜껑 꼭지가 떨어져 나간 주전자, 한 귀퉁이에 금이 간 컵, 그리고 어머니가 테이프를 붙여 쓰시는 금간 플라스틱 소쿠리 등을 모두 내다버렸다.

그대로 두면 다 쓸 수 있는 걸 버린다고 옆에서 성화를 하셨지만, 어머니도 깨끗한 새것 좀 써보시라며 다 없앴다. 그러고는 시장에 나가서 버린 물건들을 새로 장만했다. 어머니는 "아이구, 내가 뭘 얼마나 쓴다고 저 야단들인지 모르겠다."며 내내 못마땅한 기색이셨다. 아닌 게 아니라 어머니 손때가 묻은 물건들을 다 치워버리니 헌것들이지만 마음 한구석이 허전하긴 했다.

플라스틱 종류는 재활용품을 따로 수거하는 우리 아파트로 가져오기 위해 차 트렁크에 실었고, 없애야 할 것들은 빈 텃밭에 내다가 남동생이 말끔히 태웠다. 깨끗한 물건들로 바꿔드리고 방마다 말끔히 치우고 나니 허전한 마음은 이내 가시고 개운하고 좋기만 했다.

그랬는데 며칠 뒤 동생한테서 다급한 목소리의 전화가 걸려왔다. 어머니가 몸져누우셨다는 것이었다. 동생이 두서없이 알려주는 이야기를 듣고 나는 한동안 말문이 막혔다. 너무 어이가 없어서 할 말을 잊은 채 수화기를 들고 멍하니 있었다.

어머니가 그동안 모아 두신 돈 370만 원이 없어졌는데, 아무래도 버릴 물건을 소각할 때 태워버린 것 같다는 것이었다. 어머니 딴에는 잘 둔다고 신문지로 싼 다음 검은 비닐봉지에 넣어서 낡고 빛바랜 커튼에 둘둘 말아두셨단다. 그런 줄도 모르고 남동생이 그 커튼을 들고선 "이거 다시 쓸 거야?" 하고 묻기에 모두들 이구동성으로 "버려, 버려! 태워버려!"라고 했었다! 동생은 망설임 없이 커튼을 활활 타는 불속에 던져버렸다. 어머니의 피 같은 돈 370만 원(십만 원권 수표 30장과 현찰 70만 원이었다)은 그렇게 고스란히 불구덩이 속에서 재가 되어버린 것이다.

그 사실을 며칠이 지나서야 알게 된 어머니가 동생한테 전

화를 하신 것이다. 얼마나 애가 타고 속상하실까 생각하니 한
시가 급했다. 자식들이 조금씩 드린 용돈을 쓰지 않고 고스란
히 몇 년을 모아왔는데, 그것을 잃어버렸으니 그 심정이 어떠
실까. 모르긴 해도 자식들 생일이나 손자들의 졸업 혹은 결혼
식 때 요긴하게 쓸 요량이셨을 것이다.

무엇보다도 어머니가 지레 병이 나실 것만 같았다. 우선 어
머니를 진정시켜 드려야 했다. 어머니가 낙심천만해서 식음을
전폐하고 속 끓이실 생각을 하니 속이 바작바작 타 들어갔다.
생각 끝에 내린 결론은 어머니께 그 돈을 찾았다고 말씀드리
는 것이었다.

우선 어머니께 내 차에 싣고 온 쓰레기 자루에서 돈을 찾았
다고 전화를 드렸다. 귀가 어두우셔서 같은 말을 몇 번이나 되
풀이한 후에야 겨우 알아들으셨다.

어머니는 "아이구 세상에! 그걸 찾았구나. 내가 오늘 온종일
하느님께 기도를 했다. 제발 찾게 해주시라고, 이렇게 고마울
수가…… 하느님께서 들어주셨구나! 아이구 하느님 감사합니
다! 감사합니다!" 하시며 좋아하셨다.

며칠 후, 육남매가 고루 나눠 모은 돈을 찾기 위해 은행에 들
렀다. 그런데 수표가 새것이어서 어머니가 눈치채실까봐 헌
수표로 바꿔 채우느라고 아는 가게들을 여기저기 찾아다녀야

했다. 그렇게 마련한 돈을 검은 비닐봉지에 넣어 갖다드렸더
니 그렇게 기뻐하실 수가 없었다. 너무 기분이 좋으셔서 육남
매에게 고루 십 만원씩 나눠주셨다.

생각 외의 지출로 부담이 생기긴 했지만 어머니가 저리 기
뻐하시니까 됐다!

이 세상에 돈 가지고도 안 되는 일이 얼마나 많은가!

돈은 잃었지만 어머니의 근심을 덜어드릴 수 있으니 얼마나
다행인가!

그 무렵엔 어쩐 일인지 어머니 돈을 태워버리기 며칠 전에
소매치기를 당해 가방 찢기고 돈까지 잃은 일이 있었다.

이럴 때 내가 잘 쓰는 말이 있다.

"이만 하기가 다행이야! 암, 그렇고말고!"

자유로우려면 외로움도 견뎌야 한다

잠은 오지 않고 몸은 너무 아프다.
아무도 없으니 너무 쓸쓸해
천정에 매달린 파리도 반갑다.

굴러다니는 종이에 어머니가 쓰신 낙서다.
세상에! 얼마나 외로우셨으면 파리가 반갑다고 하셨을까.
언젠가 쓰신 일기엔 혼자 먹는 밥상이 서럽다고도 하셨다.
더구나 일흔에 자궁암에 걸리셔서 방사선 치료를 받으신
후, 밤이면 관절이 아프셔서 제대로 잠을 이루시지 못하셨다.
그럴 때마다 서투른 글씨로 일기를 쓰시거나 딸들이 신을 덧
신을 만들어주기도 하셨다.
한번은 어머니가 내게 간밤에 꾼 꿈 이야기를 들려주셨다.
"지난밤 꿈에 아주 젊었을 적 느이 아버지가 문을 열고 들어

서면서 일이 다 잘되었으니 걱정하지 말라고 하더라. 그러다가 미안하지만 돈 십 원만 있으면 달라고 하기에 그런 돈이 어딨느냐고 쏘아붙였더니, 시무룩해서 그럼 할 수 없지 하며 나가시더구나."

꿈 깨고 나니 너무 후회스럽고 가슴이 아파서 잠이 오지 않으셨단다. 그래서 새벽 3시에 일어나서 기르던 엿기름 시루를 갖다놓고 싹이 트지 않은 보리알 5천 개를 골라내셨다는 것이다. 꿈이었지만 얼마나 마음이 아프셨으면 꼭두새벽에 일어나 앉아 보리알을 세셨을까 생각하니 가슴이 먹먹해져 아무 말씀도 드리지 못했다.

어느 날인가는 어머니가 유리창에 달라붙은 청개구리를 보시고 "아이구 너도 혼자구나. 거기 있지 말고 숲으로 가거라." 하고 말씀하셨다. 말벗이 없는 어머니는 이웃집 개를 보고도 말을 건네고, 벌레나 곤충하고도 대화를 나눈다.

그런 모습을 보면 바쁘다는 핑계로 자주 찾아뵙지 못한 게 늘 죄송하고 가슴이 아프다.

그러시지 말고 서울 집으로 가시자고 하니 어머니는 고개를 저으며 "난 여기가 좋다. 뭐든 내 맘대로니 너무 편하고 자유스럽다. 자유를 누리려면 외로움도 견뎌야 한다."고 하셨다.

어머니는 혼자 오랜 세월을 사시며 자신만의 자유를 터득하신 것이다.

정말 그렇다.

누구를 배려해줄 필요도 없고 모든 게 내 맘대로인 생활, 자유를 만끽하려면 외로움도 견뎌야 한다는 어머니 말씀에 정말 감탄했다.

온종일 밭에서 일하다가 저녁에 집 안으로 들어오면 혼자서 찬밥 한 술 뜨고 씻지도 않고 그대로 주무실 때도 있다고 한다. 밭 매다가 힘들면 밭에 그대로 누워서 주무실 때도 있다는 말씀에는 깜짝 놀라, 그렇게 주무시다가 밭고랑에서 혼자 돌아가시면 어떻게 하려고 그러시냐고 화를 냈더니, "그렇게만 죽는다면 그런 복이 어디 있겠냐? 죽을 때 누가 옆에 있다고 도와줄 수 있냐? 혼자 죽으나 누구 옆에서 죽으나 마찬가지다."라는 대답으로 할 말을 잃게 만드셨다.

정말 어머니는 강인하신 분이다.

나이가 더 들어 남편 먼저 가고 나면 혼자 남아서 어머니처럼 살 수 있을까, 하고 생각해보면 나는 도저히 그렇게는 못살 것 같다. 그러니 이웃도 별로 없는 빈집에서 불편한 몸으로 홀로 지내는 어머니가 정말 대단해 보였다.

원하든 원하지 않든 간에 수명이 연장되어 이제는 장수시대
로 접어들었다. 건강한 몸으로 자식들한테 기대지 않고 오래
살아갈 수 있다면 좋겠지만, 몸은 아픈데 노후 대책 없이 오래
산다는 건 불행한 일이다.

어머니 말씀처럼 잠자다가 죽는다면 그런 큰 복이 없겠지만
죽는다는 건 자기 의지와는 무관한 일이니 두려운 생각이 든
다. 언제쯤이면 어머니처럼 담담히 죽음과 외로움을 받아들일
수 있을까.

버리실 줄 모르는 어머니

비가 계속 내리던 지난여름, 두 동생과 함께 어머니의 밭일을 거들어드렸다. 쓰러져 버린 들깨를 호미로 흙을 긁어모아 북을 주어서 일으켜 세우고, 수염이 마른 옥수수를 딴 다음 낫으로 옥수숫대를 베어냈다. 낫질이 서툴렀지만 빈 옥수숫대를 베어내고 나니 밭이 훤해졌다.

비를 흠뻑 맞고 일을 했더니 허리도 아프고 힘이 들었다.

호미로 들깨를 일으켜 세우면서 둘째 여동생이 투덜댔다.

"언니, 그까짓 거 들깨 한 말 사서 먹으면 되지 이 짓을 왜 하는 거지?"

막내도 거들고 나섰다.

"언니! 농산물센터에 가면 호박이 다섯 개에 천 원이야."

아닌 게 아니라 사 먹으면 될 것을 어머니가 농사를 지으시니 하는 수 없이 모두 흙투성이가 되어서 일을 해야 한다. 그렇지만 어머니가 저만큼이라도 기력을 차리시는 건 농사일을 하며 움직이시기 때문이다. 그래서 동생들더러 불평하지 말고 기쁜 마음으로 거들어드리자고 타일렀다.

어머니는 상추와 아욱들을 잔뜩 솎아다가 평상에 놓고 다듬으셨다. 값으로 치자면 몇 푼 안 되는 것들이지만, 어머니가 피땀 흘려 가꾸신 것들이라 집에 가져가면 하나도 버릴 수가 없어 알뜰히 먹게 된다.

옥수수도 한 접이나 따서 차에 실었다. 가져가서 이웃들에게 나눠주면 모두 좋아한다.

고구마 줄기를 따 담으려고 바구니를 찾으러 창고에 갔다가 깨진 플라스틱 바구니를 어머니가 비닐 끈으로 엮어놓으신 걸 보고 동생들 하고 한참 동안 웃었다. 그런데 다른 것들을 살펴보니 하나같이 다 버릴 것들을 고쳐서 쓰고 계셨다.

생선 말리는 망도 원래 지퍼가 망가진 듯 새 지퍼를 달았고, 고양이가 뚫어놓은 구멍에는 넓적한 접착테이프를 덕지덕지 붙여놓으셨다. 또 수돗가의 찌그러져 버리게 된 세숫대야에서는 미나리가 자라고 있었다.

어머니가 쓰시는 물건들을 보면 하나같이 내다 버릴 것들이다. 그런데도 어머니는 모두 다 손질해서 오래 두고 쓰신다. 나같으면 벌써 내다 버리고 새것으로 사서 썼을 것이다.

어머니 말씀이 "쓰레기가 왜 나오냐?"는 것이다. 음식은 남김없이 알뜰히 걷어 먹고, 야채 다듬은 거나 과일 껍질은 땅에 묻어 퇴비로 쓰니 그렇게 생각하시는 것이 당연하다.

그러니 새 물건 사는 걸 질색을 하신다.

한번은 이런 일도 있었다. 속이 출출하던 우리 네 자매가, 마침 어머니가 쪄서 소쿠리에 담아놓은 쑥버무리를 다 먹어치운 적이 있는데, 어머니가 웃으시며 하는 말씀이 "쉰 떡가루를 버리기가 아까워 물에 하루 종일 담가서 우려냈더니 쉰 맛이 없어졌다."는 것이었다.

어디 그뿐인가 곰팡이 핀 밀가루 반죽을 이틀 동안 물에 담갔다가 부침개를 부쳐 드시기도 하고, 콩 싹이 너무 많이 올라오자 그 싹을 솎아내서 콩나물처럼 데쳐 반찬을 해드시는 어머니다.

자식들이 애써 번 돈으로 사다준 건데, 쌀 한 톨인들 어떻게 함부로 버릴 수가 있느냐고 하신다. 고기 상한 건 안 되지만, 쌀이나 밀가루는 우려낸 후에 먹어도 된다는 것이 어머니 말씀이다.

평생을 이런 어머니를 보며 살아선지 나도 남은 음식을 잘 버리지 못한다. 그러니 늘 냉장고가 복잡하다. 하지만 옷이나 물건들은 조금만 낡아도 쉬 버리고 새 것으로 바꾸곤 하는데,

어머니의 알뜰한 살림살이를 보니 내가 못할 짓을 한 것 같아
서 죄스럽고 부끄러웠다.

어머니 집 청소를 해드리다가 많이 낡고 망가진 것들을 내
다버리는 일이 종종 있지만, 다음번에 가보면 그 물건들이 어
김없이 다시 집 안으로 들어와 있다. 다시 주워 들이시며 아마
망할 것들이라고 화를 내셨을 것이다. 딸들이 너무 헤프다고
못마땅해 하시는 어머니 얼굴이 눈에 선하다.

어머니께 가면 늘 이렇게 많은 걸 보고 배우고 느끼고 반성
하게 된다.

화만 냈던 날들

　일주일 만에 어머니께 가는데 한 달이나 못 뵌 듯 마음이 초조했다. 마음이 급하니까 운전하면서 자꾸만 가속페달을 밟게 되었다.

　지난번에 갔을 때 입맛이 없으셔서 진지를 잘 못 잡수시는 걸 보고 왔기에 우족을 푹 고아 들통에 담아 갔다. 늘 드시는 게 시원찮으시니 몸보신하시라고 별러서 해 갖고 간 것이었다.

　그런데 오후가 되어 곰탕을 지퍼백에 나눠 담아 냉동실에 넣어두려고 들통을 열었더니, 겨우 두 대접 가량밖에 남아 있지 않았다. 어머니께 여쭤니 같이 간 동생들에게 나눠주셨다는 것이다. 순간 너무 화가 나서 세숫대야를 웽그렁뎅그렁 내던지고 성질을 부리며 울기까지 했다.

　동생들도 미안해 어쩔 줄을 몰랐다. 하지만 동생들과 나눠 먹는 게 아까워서가 아니었다. 자신을 너무 챙기지 않으시는 어머니가 속상해서 화를 냈던 건데, 뒤에 생각해보니 어머니께도 죄송스럽고 동생들한테도 미안했다.

어머니의 모습, 어머니의 말씀, 어머니가 해놓으신 일들……
이 모든 것들이 내 마음을 짠하게 한다.

기어 다니시며 농사일을 하셔서 양쪽 무릎에는 새카맣고 딱
딱하게 굳은살이 박였다. 다리는 어린애 손목보다 가늘고, 일
을 너무 많이 하셔서 자랄 틈도 없는 손톱엔 언제나 흙이 잔뜩
끼어 있다.

어머니는 화내는 큰딸 눈치를 보시더니 슬그머니 밭으로 나
가 딸들이 가져갈 상추와 쑥갓, 아욱을 솎아 다듬으셨다. 뭇을
지어 다 싸놓으시더니 새벽부터 김매고 밭일 한 것이 힘에 부
치셨는지 방으로 들어가 곤히 주무셨다.

떠날 시간이 되었지만 너무 달게 주무셔서 차마 자리를 뜨
지 못하고 어머니가 일어나시길 곁에서 기다렸다. 주무시는
어머니의 거친 손에 파리가 세 마리나 앉았다. 파리채를 휘둘
러 쫓아버렸지만 금방 다시 달려들었다. 그래도 어머니는 아
무 일 없는 듯 잘 주무셨다.

밖으로 나가 뒤꼍으로 돌아가니 씀바귀 꽃이 하얗게 피어
바람에 흩날렸다.

이젠 제발 남은 날까지 편하게 좀 사셨으면 좋겠다.

오늘은 곰국을 동생들에게 나눠줬다고 화내고, 상한 음식

드신다고 화내고, 사다 드린 과일 제때 드시지 않았다고 화내
고, 자식들이 사다 드린 옷을 입지 않고 죄다 남들 나눠준다고
화내고……. 어머니께 효도한답시고 화내고 소리 지르고 짜증
내는 일이 잦아진 것 같아 마음이 아프다.

훗날 어머니 가신 후, 이런 일들을 생각하면 오래 두고 내 가
슴을 찌르는 못이 될 것 같다.

난 정말 못된 딸년이다.

「진달래 축복」 80×120cm, 캔버스 위에 유채, 2007

4부
육남매에게 보내는 편지

저 푸른 하늘에 높이 뜬 새들아,
어서어서 힘차게 훨훨 날아라.
늙으면 마음뿐 후회한다.
늦기 전에 어서어서 힘차게 부지런히 하늘 높이 날아라.
인생이든 무엇이든 모든 것이 다
늙어 후회한들 아무 소용이 없다.

잠 못 이루는 밤에 자식들에게

육남매 내 자식들아! 너희들 모두 기반 잡아 남부럽지 않게 사니 이 어미도 기분이 좋다. 그러나 가정에 물질이 풍부할수록 서로 대화를 나누어야 한다. 바쁘다고 모든 것을 돈으로만 해결하려고 하지 마라. 한자리에 모여 앉아 가슴을 열고 따뜻한 대화의 시간을 가져야만 한다.

남의 말을 들을 때는 양쪽 귀로 들어라. 한 귀로 흘려듣지 마라. 남의 말을 존중해서 들어주어야 한다. 그래야만 남을 내 맘속에 받아들일 수 있다.

남에게 인정을 베풀며 살아라. 인정이 메마른 집 뜰에는 꽃도 피지 않고 벌 나비도 오지 않는다. 가는 정이 있어야 오는 정이 있다.

나만 옳고 남만 그르다 해서도 안 된다.

무슨 일이든 마음이 조급해서 서두르면 안 된다. 참고 기다릴 줄도 알아야 한다. 침착하게 한 계단 한 계단 기초를 잘 다

져서 올라가야만 한다.

언제나 누구 앞에서든지 어딜 가나 잘난 척하면 불출이다. 항상 겸손해야 한다.

때를 못 만나 배를 굶거나 곤경에 빠지더라도 주눅 들지 말고 추해지지 말아라. 꿋꿋하게 씩씩함을 잃지 말아라. 그래야 업신여김을 받지 않는다.

가장 주의할 것은 성공했을 때다. 그럴 때일수록 어려웠던 지난날을 돌이켜 보고 앞에 닥칠지도 모를 고난을 생각해서 더욱 몸조심하고 뽐내지 말아야 한다.

사람이란 60, 70이 잠깐이다. 젊어서 시간을 쪼개 금쪽같이 아껴 써라. 시간을 중히 여기지 않고 허송세월을 보내고 나면 늙어서 후회한다. 칠십 고개 넘어 허망해지지 말고 젊어서 노력해라. 후회하지 마라.

지금까지 한 이 늙은 어미의 말을 허투루 듣지 말고 양쪽 귀로 잘 들어라.

그러면 우리 집안이 번창할 것이다.

잠 못 이루는 밤에 자식들에게…….

1 인성 어멈에게

인성 어멈(큰며느리). 너한테 미안하다.

내 성격이 원래 신경질이 많다. 그래서 나는 인심을 잃는다. 공든 탑이 무너진다. 그러니 너나 나나 서로 참고 이해하고 지내자꾸나.

이번만 해도 속이 많이 상했단다.

인성 아범 볼 때마다 그 핼쑥한 모습에 가슴이 아프고, 약 한 첩 못 먹이는 어미의 마음은 피가 말랐다.

너는 자식이라고 하나밖에 안 길러 모르겠지만, 열 손가락 깨물어 안 아픈 손가락 없다. 가지 많은 나무에 바람 잘 날 없다더니, 손에 가진 건 없고 이 자식 저 자식 걸리는 건 많고, 어미는 괴롭다.

나한테는 작은아들, 큰아들에 차이가 없다. 둘이 다 소중한 자식이다. 작은아들한테 사글셋방 하나 못 마련해준 내 마음을 넌 모를 거야. 생각해보거라. 맏이든 둘째든 어느 자식은 자식이 아닌가 말이다.

또 나한테는, 큰며느리나 작은며느리나 차별이 없다. 그런데도 차별한다는 소리를 들으니 참으로 화가 난다. 어찌하여 그다지도 맘에 없는 말을 들어야 하는지, 그럴 때면 살고 싶은 마음이 없어지는구나.

부디 내 마음을 이해해다오.

2 경화에게

경화(맏딸)야. 이 엄마는 네 생각을 하면 마음 편할 날이 없구나.

어디를 보나 손톱 발톱 하나 버릴 데 없이 똑똑한 내 딸이 그렇게도 고생을 할 줄 누가 알았겠느냐.

사범학교 졸업하고 그 어린 나이에 객지에 나가 돈 벌어 저도 못 쓰고, 못난 부모 만나 동생들 공부 뒷바라지에 옷 한 가지 변변히 못해 입고, 화장품 하나 사 쓰지 못한 걸 내가 다 안다.

결혼해서는 계속되는 남편 사업 실패에 20년이 넘도록 셋방에서 그 고생이구나. 이 세상에 너처럼 고생하는 여자는 없을 거다. 빚은 산더미 같고 끼니마다 끓일 쌀 한 톨 없이 냉방에서 자다니.

그런 중에 남편은 종적을 감추고 방세조차 몇 달씩 밀렸다. 게다가 자식들 공부시키랴, 몸고생 마음고생 하며 밥이랑 찬이랑 물어다 먹이랴, 살아가는 게 기적이구나 싶다.

저러다가 딸자식 하나 잃는 건 아닌가 생각하면 가슴이 내려앉고 식은땀이 흐른다. 내 가슴에 피멍이 든다.

내가 사람 보는 눈이 있어 사위 하나는 잘 봤다고 믿었는데,

172

그토록 오랜 세월을 내 딸자식한테 고생만 안겨다준 사위가
너무나 원망스럽다.

경화야, 이 엄마를 용서해다오.

3 정연에게

정연(큰아들)아, 너와 나 사이가 왜 이렇게 멀어졌는지 나도
몰라. 전에는 그렇지 않았는데, 무엇이든 의논하여 살아왔건
만, 이제 와 멀어지는 생각하면 서글프다.

남편 없이 홀로, 생각하면 자식들 눈치나 보고 그날그날 보
내며 노여움만 많다.

곰곰이 생각하면 내가 너희들한테 짐만 되어 그런가 하는
생각이 든다.

내 마음 서글픈 마음뿐.

4 상민 어멈 보거라

네(둘째 딸)가 올 때마다 얼굴을 다시 바라본다. 그럴 때마다
이 어미의 마음도 안타깝다.

딸 가진 부모는 언제나 내 딸이 남의 집 가서 효부 노릇을
해야 면목이 선다. 언제나 마음은 따뜻이 하고 얼굴빛은 부드
럽게 하고 시부모를 모셔야 한다. 그래야 자식들도 엄마한테

배울 점이 있다. 남편 낳아준 시부모님께 눈길을 안 주면 남편은 부모를 측은히 알고 부부 사이가 갈릴 수도 있다.

속상한 일도 많겠지만 마음을 편히 갖고 참고 또 참으며 살아라.

아무쪼록 남편의 마음을 편히 해주어라. 엄마는 너희 부부 금실 상할까 그게 항상 불안하다. 부모는 자식이 출가를 해도 그 점을 잊지 못한다.

시부모님의 그런 마음을 헤아려봐라.

엄마 마음 답답하다.

5 춘연이에게

춘연(작은아들)아. 내 마음 서글프구나.

그날 밤, 내 어찌하여 네 복잡한 심경을 건드려놓았는지 후회스럽기 짝이 없다. 이 옹졸한 엄마의 마음을 헤아려다오.

춘연아. 엄마의 마음을 이해해다오.

네가 처음 사업 시작할 때를 생각해보아라. 상민 아빠(둘째 사위), 그 매형이 친형같이 너한테 하느라고 하지 않았니. 그 뜻을 모르면 사람이 아니야.

매형이 누구더러 서운하다고 이야기하면 누나는 입장이 곤란하여 가끔 말다툼도 하나 보더라. 그 소리를 들을 때마다 엄

174

마 마음이 무척 괴로웠단다.

그래서 그날 밤 너와 나 단 둘이 있을 때 넌지시 일러주었더니, 그렇게 낯을 붉힐 줄은 몰랐구나. 제발 엄마의 아프고 서글픈 이 마음을 알아다오.

4월 17일 새벽 5시.

엄마의 하소연.

6 연화에게

연화(막내딸)야. 모든 일에 이 엄마를 생각해보아라.

너 못지않게 만고풍상 다 겪으며 살아왔다. 아무리 못 견디게 속상해도 마음을 굳게굳게 먹고 너그럽게 쓰면 편하고, 분하고 치가 떨린다고 분 나는 대로 분풀이를 하면 아무소용 없고 일만 더 커지는 법이다. 돌부리를 걷어차면 발이 아픈 법, 아무쪼록 참고 또 참아야 한다. 여자란 속으로는 울더라도 겉으로는 웃음을 지어야만 집안이 구순하단다.

마음이 산란할 때는 일에 집중을 해야 한다. 구석구석 집안을 청소하고 빨래 세탁을 하며 그릇도 닦아봐라. 그러면 마음이 가라앉고 지루한 시간도 빨리 간다. 속상하다고 머리 싸고 누워 있으면 마음을 더 걷잡을 수 없다. 이 엄마가 겪어온 경험이다.

또 여자란 젊어서는 이런 속 저런 속 다 겪으며 살기 마련이다. 그게 여자의 일생이다. 남은 다 팔자 좋게 사는 것 같아도 들여다보면 다 속 썩는 게 있다.

아무쪼록 마음을 편하게 먹으며 신경을 쓰지 마라. 네 가슴에 멍만 든다. 남편이 고집 피울 때는 타일러봐야 무슨 소용 있겠니. 이제는 아무 참견 마라. 귀여운 아이들을 봐서라도 마음을 가라앉히고 편하게 살아야 한다.

7 엄마의 당부

춘천 시동생은 나이 열여섯 살에 양친 부모가 다 돌아가셨다.

조실부모하여 의지할 데 없는 가여운 시동생이었다.

이 형수는 삼십이 못 되어, 철이 없고 따뜻함이 부족하였다.

이제 와 곰곰이 생각하니 측은하고 가여운 마음뿐이다.

왜 좀 더 따뜻하게 대해주지 못했을까 후회가 된다.

그때는 생활이 너무나 곤궁했던 때문이기도 하다.

정연이나 춘연이(두 아들)나 한 분 계신 삼촌을 아버지 대신 잘 섬겼으면 좋겠다. 내가 간절히 바라고 싶은 것은 이 엄마가 세상을 뜬 뒤에도 삼촌께 잘 해드리고 서로 우애 좋게 의리 있게 지냈으면 좋겠다.

그랬으면 더 바랄 것이 없겠다.

한평생 내가 배운 것들

1

인생이란 물거품, 청춘을 자랑하지 마라. 젊은 청춘 되돌아 보니 꿈만 같고 허무하다. 어느새 남은 머리 백발이 되어 시곗 바늘 가는 대로 힘은 줄어들고 허탈감에 죽을 날만 기다린다.

젊은 청춘들아, 노인 보고 웃지 마라. 가는 세월을 그 누가 막겠느냐. 누구나 검은 머리 백발 되고 붉은 뺨에 검버섯 핀 다. 잘나도 백발 오고 못나도 백발 온다. 노인들을 위로하고 불 쌍히 여겨라. 노인들을 사랑하고 업신여기지 마라.

2

쓸쓸한 가을 새벽, 찬 서리에 꽃잎은 서럽게 시들어가고 외 로움에 절은 내 마음도 시들어간다. 세상천지가 모두 곤히 잠 든 이 새벽, 내 슬픔은 만리장성보다 더 크고 길다.

슬픔이 깊으면 마음도 너그러워지나 보다. 옛날에는 싫고

미웠던 사람들도 이제 다 용서하고 나니 가엾고 불쌍하다.

그리고 나를 돌이켜 생각해보면 잘못한 것뿐이고 후회뿐이다. 가슴 아픈 사람을 감싸주지 못했고 아픈 사람 위로를 못했다. 내가 왜 그랬나, 내가 그때 왜 그랬을까, 하는 후회들이 가슴을 후려친다.

그 모든 것들에게 용서를 빈다.

두 손 모아 무릎 꿇고 용서를 빈다.

3

검붉게 그은 저들의 얼굴을 보아라.

굳은살이 박인 저들의 손마디를 보아라.

나는 놀고먹지 않는다는 표적이 아니냐.

그들의 힘줄은 툭 불거지고 그들의 뼈대는 떡 벌어졌다.

나는 힘들이는 일이 있다는 증거 아니냐.

옳다 옳다, 과연 그렇다.

아무도 당하지 못할 힘을 기르고 온 정신 기울여 지식 늘려서 우리는 장차 누구를 위해 무슨 일을 해야 하느냐. 악한 사람을 도와야 하나, 선한 사람을 도와야 하나. 악한 사람은 손 내밀어 구해야 하고, 선한 사람은 북돋아주며 누구든 차별 없이 도우며 살아라, 사랑하며 살아라.

4

행복이란
조금은 모자라고, 조금은 불안하고, 조금은 아쉽지만,
아직은 덜 익어서 내일을 기다리는 것.

5

저 푸른 하늘에 높이 뜬 새들아,
어서어서 힘차게 훨훨 날아라.
늙으면 마음뿐 후회한다.
늦기 전에 어서어서 힘차게 부지런히 하늘 높이 날아라.
인생이든 무엇이든 모든 것이 다
늙어 후회한들 아무 소용이 없다.

6

우리 인간은 머리는 작지만 생각은 크다.
눈은 작으나 많은 것을 본다.
귀는 작지만 많은 것을 듣는다.
손은 작지만 많은 일을 한다.
발은 작지만 멀리 간다.
가슴은 작지만 깊은 사랑을 한다.

7

가까운 곳을 보면 먼 곳을 못 본다.
눈을 크게 뜨고 먼 곳을 보라.
마음을 크게 먹으면 큰 그릇이 되고,
마음을 좁게 쓰면 큰 그릇이 못 된다.
남한테 우대를 못 받는다.
마음을 활짝 펴고 크게 쓰며 디딤돌이 되어
모든 사람에게 도움을 주자.

8

일어나야 한다. 일어나자.
누워 있는 것은 쉬는 것도 아니고 사는 것도 아니다.
일어서서, 잃어버린 나를 찾자.

9

남의 아픔을 내 아픔으로 생각하며
서로서로 따듯함을 베풀고
어려울 때 내 힘닿는 대로 살면
어딜 가나 내 고향이다.

10

어린 묘목을 공들여 가꾸면

몇 년 후 쉴 수 있는 그늘을 만들어준다.

식물이나 동물이나 다 그렇다.

베풀어준 대로 갚을 줄 안다.

그러나 인간은 저 먹은 공을 모른다. 인색하고 메마르다.

말 못하는 짐승만도 못하다.

인간은 자기 자신을 알고 깨달아야 한다.

그렇지 못하면 짐승보다 낫다고 할 것이 없다.

11

슬픔은 나눌수록 작아지고 기쁨은 나눌수록 커진다.

마음을 선하게 쓰자, 남을 헐뜯지 말자.

그래야 나한테 훈훈함이 돌아온다.

언제나 선한 마음 가짐으로

남을 이해하며 욕심을 내지 말자.

헐벗은 사람에게 옷을 입혀주자.

내 입에 한 번 덜 먹고 배고픈 사람에게 밥을 주자.

목마른 사람한테 물을 주자.

불구자 보고 웃지 말자.

우리 큰딸

경화(황안나)는 이 엄마의 기둥이고 지팡이다. 엄마의 말이라면 무슨 일이든 복종하고, 싫다는 내색을 보인 적이 없었다. 엄마 말에 반대해본 적이 없다. 생각해보면 측은하고 불쌍한 마음에 가슴이 미어지는 것 같다.

원래 우리 집에는 손님이 많이 오고 동생들도 많아 여덟 살부터 부려먹었다. 남의 아이들같이 놀지도 못하였다. 학교 갔다 오면 공부하랴, 일하랴, 물 길으랴, 조석 때면 밥하랴, 동생 보랴, 심부름하랴 눈코 뜰 새가 없었다.

그래도 공부하는 데는 남보다 으뜸이었다.

그 많은 고추방아를 혼자 다 찧었다. 겨울이면 열 말씩 쑤는 메주방아를 다 찧었다. 행여 엄마가 거들까봐 쉬지도 않았다. 어릴 때부터 효녀였다.

대구 피난 가서도 열 살짜리가 나무 해다가 때고, 대구역까지 가서 피난민 쌀 배급을 타 왔다. 쌀 대두 한 말씩을 어린것이 이고 다녔다. 어려서부터 심지가 깊고 참을성이 많았다.

생각해보면 여러 남매 중 고생이 제일 많았다. 사범학교 졸업하고 객지에 나가서도 고생이 참 많았다. 월급 타면 고스란히 집에 가져왔다. 가져온 돈으로 동생들 학비 대느라 한 푼 모아두지도 못했다. 그래서 시집보낼 때도 이불 한 채 못해 보냈다. 혼수 하나 제대로 해주지 못했다. 그래도 불평 한마디가 없었다. 착한 남편 만나 시집가서 잘 살기만을 바랐다.

그러나 시집가서도 사위 하는 일이 자꾸만 실패를 해서 고생이 말이 아니었다. 고생을 해도 그렇게 하는 것은 처음 봤다. 결혼해서 몇 십 년 동안을 빚에 시달리고 셋방살이를 했다.

그동안에 동생들은 집 마련해서 잘들 사는데, 동생들 집들이 할 때마다 와서 기뻐해주고 가면서도 신세타령 한마디, 심난해하는 기색 하나 없었다.

그러더니 이제 남부럽지 않게 잘사는 것을 보니 나는 더 바랄 것이 없다. 고생한 뒤끝이 좋으니 이제 죽어도 한이 없다.

1

석교 어멈이 매일 아침저녁으로 전화를 걸어준다. 이만저만한 정성이 아니다. 그 바쁜 생활에 아침에는 학교 간다고 전화하고 저녁엔 다녀왔다고 전화를 한다. 그리고 가끔씩 떡쌀을 한 말씩 갈아다 주어서 하루 걸러 떡을 해 먹는다. 그래서 독한 약을 먹고 속이 쓰릴 때 간식으로 먹는다.

석교 어멈은 든든하고 의지가 된다. 말하지 않아도 미리 다 알아서 해주니 그런 딸을 둔 나는 복이 많다.

2

경화야. 네가 이사를 가면서 전화기를 주고 가서 참 고맙다. 내 방에 이제는 전화가 있으니까 동생들한테 매일 전화 거는 것이 나의 낙이다. 외로울 때는 나도 모르게 전화기로 손이 간다. 보고 싶은 사람들과 전화 통화를 내 마음대로 한다.

내 방에 전화가 있으니 아주 편하고 좋다. 전화를 쓸 때마다 네 생각을 한다. 경화야, 고맙다.

3

우리 석교 어멈, 큰일 치르느라고 너무나 수고가 많았다. 얼마나 맘고생, 몸 고생이 많았을까 생각하니 딱하기 짝이 없다.

가뜩이나 형제 많은 집안에서 이것저것 신경 쓰느라 골치가 아팠을 텐데, 이 엄마에게도 신경을 써 너무 미안하였다. 나는 옷이 많은데, 엄마 옷까지 하느라고 머리가 복잡했겠다.

오래 살다보니 민교 장가가는 것까지 보게 되어 눈물이 나왔다. 참으로 마음이 흐뭇하고 대견하였다.

저희 어멈 애 쓰는데 하나도 도움을 못주어서 면목이 없다.

4

오늘은 경화가 삼십 년 근속 표창장을 타는 날이다. 참 고생이 많았다. 오래 많이도 다녔다. 삼십 년이 넘게 아이들 가르치는 일이 얼마나 힘들었을까.

경화야, 꿋꿋이 잘도 버텼다. 멀리서나마 축하한다.

5

11월 23일 날 밤.

밤잠을 이룰 수 없었다. 뒷골이 칼로 치는 듯 언뜻언뜻 견디기 어려웠다. 눈이 희미하여 정신이 아찔해진다. 메주 쑤는 걸 괜히 시작했구나 후회하며 한탄을 했다. 힘든 걸 시작해서 몸살이 났나보다.

정신을 가다듬어 메주를 찌니까 식은땀이 흐르고 팔 다리가 후들후들 떨린다.

메주 쑬 적마다 석교 어멈 생각이 난다.

석교 어멈 시집가기 전엔 내가 메주를 찧어본 일이 없다.

몸이 아프고 힘이 드니 석교 어멈 생각이 간절하다.

네 사위와 장모

1 내 저금통장

석교 아범(맏사위) 덕으로 나에게도 통장이 있다. 내 생전에 은행 문턱에도 못 가봤고 통장도 만져보지 못했었다.

얼마 전에 도장과 주민등록증을 달라기에 무엇에 쓰는지도 모르고 주었더니, 통장을 만들어 왔다. 30만 원을 넣어서 가져왔다. 나는 은행 갈 일도 없고 걷지 못해 찾아갈 수도 없지만, 내 통장이 있으니 마음이 이렇게 든든하고 좋다.

우리 때는 젊어서 노후 대책을 세우지 못했다. 지금은 상상도 못하였다. 애들 학비 대기에도 바빴고, 노후 대책 같은 건 말도 듣지 못했었다. 있는 거 없는 거 몽땅 자식에게 주는 게 낙이었다.

그렇게 살다보니 늙어서 내 수중에는 아무것도 없고, 떳떳치 못하게 자식 돈 받아 쓰려니 손부끄럽고 속상하고 자존심만 상한다.

이제 통장이 생겼으니 조금씩이나마 저축을 해야겠다.

큰사위 마음 씀씀이가 고맙다. 어려울 때 하나도 도와주진 못하고 이런 효도 받으니 너무나 고맙다.

우리 큰사위, 큰 논에 물 실어놓은 것같이 든든하고 믿음직스럽다.

2 상민 아빠의 생일상

음력 7월 초하루, 상민 아빠(둘째 사위) 생일이다.

제대로 생일을 못해주어 미안한 마음 헤아릴 수 없고, 상민 엄마 때문에 얼마나 걱정이 많을까 생각하니 상민 아빠가 딱하고 안됐다. 내 자식이 건강치 못하니 볼 면목이 없다. 앞으로 수술을 받고 몸이나 건강해야 할 텐데 걱정이다. 온 집안이 다 고생이 많겠다.

3 일림이 아빠의 전화

일림이 아빠(셋째 사위)가 전화를 했다.

설악산으로 단풍구경 시켜줄 테니 함께 가자고 하는 걸 못 간다고 했더니 매우 서운해 하였다.

말만 들어도 고마웠다. 두 내외 가는 게 좋지, 이 늙은이 데려가는 게 뭐 좋겠나. 말이라도 너무나 감격스러웠다. 그러나 못 간다고 했다. 왜냐하면 내가 가꾸던 옥상의 채소와 가축들은 어떡하나, 그것들 놔두고 가면 젖먹이 떼어놓고 가는 것 같아서 불안하기 때문이다.

아침저녁으로 물 주어야 하고 개와 닭, 그리고 금계도 먹이를 주어야 한다. 애들은 그런데 얽매여서 산다고 다 치우라고 난리지만 그것들이 내 친구고 내 취미라는 것을 그 애들은 모른다.

이번 가을도 마당의 감나무 물드는 거나 봐야 할까 보다.

3 수빈 아빠 여행 떠나던 날

음력 섣달 초 사흘날.

수빈 아빠(막내 사위) 중국으로 떠나던 날, 따뜻하게 배웅 못 해주어 마음에 걸린다. 먼 길 떠나 고생이 많겠다. 아무쪼록 간 일이나 잘되었으면 좋겠다.

저희 아빠가 없으니 승빈이도 요샌 풀이 없는 것 같다.

먼 곳에 있는 수빈 아빠, 얼마나 고생이 될까 마음이 놓이지 않는다. 무사히 다녀오기를 두 손 모아 빈다.

수빈 아빠, 햇솜 같이 따스한 마음으로 거품에 욕심내지 말며 순조롭게 살아가길 바란다.

아들 며느리

1 아들과의 대화

오늘 저녁은 기분이 참 좋다. 인성이 아범(큰아들)이 내 방에 들어와서 이런저런 이야기를 나누었다. 오랜만에 아들과 나누어보는 대화였다.

내 마음은 참 단순하다. 아들과 대화를 나누니까 가슴의 응어리가 다 풀리는 듯하고 마음이 훈훈해지고 안정이 되었다.

나는 조그만 일에도 감동이 되고 따뜻한 말 한마디에 위로를 받는다. 아무리 진수성찬이라 해도 따뜻한 말 한마디만 못하다. 사람은 늙고 병들면 자식들의 따뜻한 말 한마디에 기운을 찾기도 하고 용기도 얻는다.

부모에게는 진수성찬의 음식과 비단옷보다 따뜻한 대화 한마디가 천 배 만 배 더 낫다.

마음이 편한 밤이다.

2 일터로 향하는 인성 아범의 뒷모습

인성 아범 꼭두새벽에 가는 뒷모습을 보니 마음이 안타까웠다. 피곤한 몸으로 물 한 모금 안 마시고 몸도 건강치 못한데 가는 것을 보면 엄마의 마음은 헤아릴 수 없이 아프다.

어려서 자랄 때는 늘 솥에서 빠지직 잦는 소리가 나는 밥을 먹었다.

객지에 나가 있다가 일주일 만에 집에 오면 밥맛이 없다고 몇 숟갈 뜨다 말고 수저를 놓으면 아주 속상하다. 그러니까 토요일만 되면 아주 걱정이다. 반찬 한 가지라도 잘해 먹여야 할 텐데 그렇게 못하니까 미안하다.

다리가 성하면 마음대로 시장에 나가 이것저것 사다가 하련만, 꼼짝 못하니 속상하다.

가고 싶은 곳을 마음대로 갈 수 있다는 것은 큰 복이다.

3 고마운 큰며느리

인성 엄마. 항상 미안하다. 아픈 시어미가 항상 누워만 있으니 얼마나 신경이 쓰일까. 반찬도 신경 쓰일 테고, 손님은 많고, 나는 신경질 내고, 모두 이해해라.

네가 말 몇 마디 해주면 나는 가슴속이 훈훈해진다.

맏며느리의 길이 쉽지 않다.

4 인성 어멈의 마음

인성 어멈이 약을 지어 왔다. 인성 어멈한테 만날 미안하다. 몸이 아프니까 인성 어멈한테 신경질을 자주 내게 된다. 인성 어멈의 좋은 점은 이런 내 신경질을 별로 탓하지 않는 것이다. 싫은 소리를 해도 금방 풀어진다. 또 사람을 잘 사귄다. 그래서 사람을 만나서 해결할 일이 있으면 속 시원하게 잘 처리한다.

직장에 다니기 때문에 아침 일찍 나갔다가 밤늦게 들어온다. 나 하고 얼굴 맞댈 일이 별로 없다. 생활이 바빠서 마주 앉아 이야기해볼 시간도 없다. 그런 줄 알면서도 때로는 섭섭하고 허전하다.

괜히 눈치가 보이고 며느리에게 미안하다.

5 작은 소원

오늘은 마음이 괴로웠다. 인성 어멈이 인성이를 때리니 마음이 불안하고 몸 둘 바를 모르겠다. 애를 가르치려면 여유를 두고 꾸준히 교육을 시켜야지, 한꺼번에 매질을 하면 남 보기에도 안 좋고 아이는 아이 대로 골병이 든다.

너무 때리니까 나에 대한 분풀이를 애한테 하는 것 같아서 마음이 안 좋다. 그때마다 가슴이 철렁 내려앉고 야속한 마음에 눈물이 난다.

나만 괴로운 것이 아니다. 며느리도 매 한가지일 것이다. 시어멈 때문에 괴로운 것을 억지로 소화시키려니 고역일 것이다.

나는 소원이 시골에서 조용히 사는 거다.

6 인찬 아범

인찬 아범(작은아들)은 내 지팡이다. 마음이 부드럽고 효자다. 내 마음을 항상 편하게 해준다. 그래서 서슴없이 할 말을 다 한다. 마음이 유하고 내 요구를 다 들어주고 항상 싫은 내색이 없다. 이런 인찬 아범이 항상 든든하다.

7 작은며느리

인찬 어멈이 전화를 했다. 참으로 고맙고 반가웠다. 자식들의 전화 한 통에도 부모는 살맛이 난다. 인찬 어멈은 며칠에 한 번씩 꼭꼭 전화를 걸어준다. 그 깊은 마음 헤아릴 수 없다.

인찬 어멈은 여기 오면 허리며 다리를 주물러준다. 손톱, 발톱까지 다 깎아주고 간다. 같이 살지도 않는 시어미에게 참 곰살갑게 해준다. 그것이 참으로 고맙다.

이 시어멈이 무슨 시어멈 노릇을 했다고, 이 엄마는 얼굴이 뜨겁다.

8 내 생일

1988년, 음력 9월 27일. 내 생일날이다.

인찬 어멈 미안하다. 이사해서 정신없는 데다가 식수 사정 마저 좋지 않은데, 생일까지 겹쳐서 얼마나 정신이 없었겠니.

생각해보면 인찬 아범 맨발로 뛰어, 도와주는 이 없이 혼자 힘으로 성공했다. 큰 공장 짓고 집 사고 내 마음이 무척 흐뭇하다. 그러나 부모 노릇 못한 가슴의 응어리는 죽어도 썩지 않겠다.

기쁜 내 생일날, 육남매가 다 모이고 귀여운 손자들도 다 모였다. 동생들도 와주었다.

인찬 어멈에게 고마움을 느낀다.

나의 딸들 이야기

1 콩죽

석교 엄마(맏딸)가 콩죽을 쑤어서 가지고 왔다. 입맛이 없었는데 잘 먹었다. 상민 엄마(둘째 딸)는 포도를 사 오고, 연화(막내딸)는 토마토를 갖다주어서 달게 먹었다. 모두 나한테는 효녀들이다.

딸들이 번갈아서 찾아주니 큰 힘이 되고 의지가 된다.

저희들끼리 우애가 좋으니 그것도 기특하구나.

2 묘화

묘화(둘째 딸)야. 어려운 집안에 태어나 고생만 시켰구나. 공부도 제대로 못하게 하고 일만 부린 생각하면 맘만 아프구나. 어린 동생들이 많으니 제대로 놀아보지도 못하고 고생이 막심했지.

이제 와 곰곰이 생각하니 부려만 먹고 부모 노릇 못한 생각에 얼굴이 뜨겁다. 동생들한테 얽매여 고생이 많았다.

3 상민 어멈 생각

이 엄마는 항상 마음 놓을 날이 없다. 옛말에 가지 많은 나무에 바람 잘 날 없다더니, 옛말이 하나도 그른 게 없다. 그 말이 내 코앞에 닥쳤다.

상민 어멈(둘째 딸)을 생각하니 앞이 캄캄하다.

가뜩이나 겁이 많은데 눈이 헛가마가 된 것을 보니 가슴을 도려내는 듯이 아프다. 돈이 무엇인데, 그 몸을 갖고 이리 뛰고 저리 뛰는 것을 생각하니 애처롭기 짝이 없다.

4 상민 어멈의 뒷모습

오늘은 상민 어멈이 수고가 많았다. 나 때문에 병원에도 다녀오고 김치도 담가주었다. 그렇지 않아도 상민이 때문에 머리가 복잡할 텐데 나까지 고생을 시키니 미안하다. 이 엄마를 위해 있는 정성을 다해주니 너무나 고맙다.

힘이 들어 푸석푸석한 얼굴로 돌아가는 모습이 너무나 가여웠다. 모질지도 못하고 어수룩한 게 눈만 까매 가지고 왔다 갔다 하는 걸 보면 측은해서 견딜 수 없다.

상민이가 합격이 되어야 할 텐데 걱정이다.

5 친정

명화(셋째 딸)가 다녀갔다. 여기 올 때는 이것저것 들고 왔는데, 갈 때는 개밥만 갖고 가서 미안하다. 나는 그전에 친정에 가면 용돈이랑 무엇이든지 마음껏 갖고 왔는데, 자식들한테는 받기만 하니 마음이 괴롭다.

6 명화의 전화

빈 방에 누워서 온 종일 묵묵히 천장만 바라보고 있는데 명화한테서 전화가 왔다. 그냥 안부 전화였지만, 전화를 통해 딸의 목소리를 들으니 반갑고 쓸쓸하던 마음이 다 날아갔다.

전화 한 통화에도 이렇게 반가워하는 마음을 자식들은 아는지 모르는지……

7 명화네 강아지

명화한테서 전화가 왔다. 언니네서 가져 간 강아지를 못 기르게 되어 다시 갖다준 게 서운한 모양이다. 명화는 자랄 때부터 강아지를 귀여워하였다. 유달리 강아지를 좋아하는데, 기르던 것을 도로 갖다주고 눈물을 삼키며 마음 아파하는 것을 보니 엄마의 마음도 안 좋았다.

8 연화가 쑤어준 죽

수빈 어멈(막내딸) 고마움에 눈물이 난다.

엄마가 입맛이 없으면 죽을 맛깔스럽게 쑤어서 갖다준다.

나는 수빈네가 없으면 의지할 데가 없다.

마음대로 하면 수빈네 여기 있을 때 죽어야 하는데 걱정이다. 딸들이 가까이 있을 때 갈 데로 가야 죽을 때 물 한 모금 마음 놓고 받아먹을 텐데 걱정이 태산 같다.

수빈네가 나가면 나는 못살 것 같다.

이 고민 저 고민 하다보면 잠을 이룰 수가 없다.

9 연화의 마음

연화가 참 고맙다.

밥맛이 없는데 국수를 장국물에 말아 와서 참 잘 먹었다.

속이 쓰리고 헛헛할 때 연화가 간식을 갖다주면 고마우면서도 목이 멘다.

승빈이(외손자)도 가끔 과자를 사 가지고 오다가 내 방에 들러서 고사리 같은 손으로 과자를 내 입에 넣어준다. 다리가 아프다고 하면 밟아주기도 한다. 흐뭇하기도 하고 귀엽기도 하다.

이런 작은 일들이 나에게 용기를 주고 생기를 찾게 해준다.

우리 가족 이야기

어머니는 예순여덟 살 되던 해에 자궁암(자궁암 2기) 수술을
받으셨다. 이후 완치되긴 했지만, 방사선 치료 후유증으로 내
내 다리가 아파 고생하셨다. 하지만 그 몸으로도 농번기 동안
시골에 내려가 계시는 생활을 그만두지 않으셨다. 직접 농사지
어 자식들 거둬 먹이는 것을 큰 보람으로 여기시기도 했지만,
농사일을 하며 몸을 움직이다 보면 그나마 아픈 줄 모르고 곤
하게 자게 되고, 서울집에서는 자식들이 보고 있으니 마음껏
앓을 수도 없어 편치가 않다는 이야기를 후에 들려주셨다.

어머니가 시골에 내려가 계시니 우리 육남매는 번갈아가며
매주 어머니께 가서 농사일을 거들었다. 하지만 아흔이 되실
무렵부터는 건강이 더욱 나빠져 더 이상 시골 생활을 허락해드
릴 수 없었다. 온 가족이 극구 말렸지만, 시골에 데려다 달라며
눈물로 사정하시니 우리 형제는 결국 어머니 뜻을 따를 수밖에
없었다. 이전에는 당일로 다녀오던 것을 하루씩 묵었다 오는
것으로 대신하며 어머니를 모셨다.

다녀가는 딸을 배웅해주시는 어머니

시골집 나무그늘 아래서

시골집 앞 텃밭에서

간장 졸이며, 마음 졸이며

서울 친정집에서 간장을 달이기로 한 날이다. 해마다 이맘 때면 어머니는 농사를 지으러 시골로 내려가시지만, 올해는, 간장 달여놓고 가신다고 아직 서울 집에 계신다. 요즘 들어 입 맛을 잃은 어머니께 떡을 해드리려고 방앗간에 가서 빻아온 쌀가루와 삶은 팥 등을 넣으니 배낭이 묵직했다. 짐이 무거워 서 승용차를 타고 가려다가 힘은 들지만 전철을 이용하는 게 편할 것 같아 배낭을 메고 아침 일찍 집을 나섰다.

전철에서 내려 역에서 가까운 친정집 마당에 들어서니 벌써 둘째 여동생과 올케는 독을 닦고 있었고, 작은 남동생은 아궁 이 앞에서 간장이 넘지 않게 조절해가며 불을 때고 있었다. 육 남매 중 큰 남동생만 회사일로 못 오고 다섯 남매 부부가 모두 다 모였다.

해마다 김장하는 날과 메주 쑤는 날, 그리고 간장 담그는 날 과 간장 졸이는 날은 육남매가 모두 모여 잔칫날 같다. 그래서 일을 하면서도 아주 즐거운 모임이 된다.

　벽돌을 주워다가 엉성하게 쌓아놓고 그 위에 솥을 걸어 간장을 달이는데, 무엇이든 솜씨 좋게 잘 만들어내는 둘째 제부가 내년엔 튼튼한 화덕을 새로 만들어야겠단다. 그 말에 문득 마음이 서글퍼졌다. 건강 안 좋으신 어머니가 새로 만든 화덕을 쓰실 날이 몇 번이나 될지 몰라서다.

　마당을 둘러보니 나무 한 그루 화초 한 포기마다 모두 어머니 손길이다. 수돗가의 미나리, 담 밑 호박, 더덕 넝쿨, 앵두나무, 오미자, 감나무, 라일락, 살구나무, 철쭉, 단풍나무, 대추나무…… 참 가짓수도 많다. 화분에 심은 화초들도 탐스럽게 꽃을 피웠다. 이상하게 죽어가던 화초도 어머니 손길이 가면 싱싱하게 되살아난다. 사방에 어느 것 하나 어머니 손길 가지 않은 게 없으니 이 담에 어머니 가시고 나면 저것들이 얼마나 눈물 나게 할까!

　어머니는 기력이 다 떨어지셨는데도 마음이 놓이지 않는지 마당에 나오셔서 우리를 지켜보며 내년에 할 때는 이렇게 저렇게 하라고 일러주셨다. 요즘은 뭘 하든 이다음에 어떻게 하라는 당부를 하시며 하나하나 가르쳐주려고 하신다.

　나이만 먹었지 제대로 할 줄 아는 게 없는 자식들이 내내 걱정스러우신 모양이다.

  그런 와중에 둘째 제부가 우스갯소리를 해서 모두 같이 한
바탕 웃었다.

  제부의 고향은 충청도 보은의 산골이다. 어렸을 적에 그는
학교에서 돌아오면 으레 소를 끌고 나가 풀을 먹였단다. 그럴
때면 소고삐를 계속 붙잡고 있어야 하는데, 그날따라 너무 힘
들어 고삐를 손목에 붙잡아 매고 풀밭에 누웠다가 깜빡 잠이
들었다고 한다. 문제는 그사이 풀을 뜯던 소가 땅벌 집을 잘
못 건드려 이리 펄쩍 저리 펄쩍 난동을 부리게 된 것이다. 고
삐가 손목에 묶인 탓에 소가 뛰는 대로 그 힘에 이끌려 제부
도 땅바닥에 이리저리 패대기쳐질 수밖에 없었다. 소가 몸부
림을 치면 저만치 소보다 앞서 나가 패대기쳐지곤 하는 모습
을 지켜보던 마을 사람들이 "아이구 자 죽네! 자 죽어!" 했다는
것이다.
  다행히 국민학교 2학년 때라 몸이 가벼워 다친 곳은 없었다
는 이야기에 우리 모두 한참을 웃었다.
  그런데 그때 귀가 어두운 탓에 무슨 영문인지 몰라 이 자식
보고 저 자식 보며 의아해하는 어머니의 눈과 딱 마주쳤다. 그
순간 어머니가 안됐어서 웃음이 딱 멎었다.
  어머니 귀에 대고 대강 이야기해드렸더니 그제야 희미하게

웃으셨다.

아마 모르긴 해도 저 간장이 어머니가 담가주시는 마지막 간장이 아닐까 하는 생각에 웃는 동생들도 가엽고 주인 잃을 장독도 다 눈물겨웠다.

지금까지 칠십 평생을 어머니만 의지하고 살았다. 이 나이 되도록 어쩌면 내 손으로 간장 담글 생각은 하지 않고 평생 어머니가 담가주시는 간장과 된장, 고추장을 모두 갖다 먹기만 했다. 이런 딸이 너무 한심해서 어머니는 쉽게 떠나지 못하실 것 같다.

그래도 엄마 가실 때는 고생하시지 말고 잠든 듯이 편하게 가셨으면 하는 간절한 바람이다.

나 살았을 적에

2006년 11월초 건강이 안 좋아지신 어머니를 강제로 서울에 모셔왔다.

뭘 드시면 설사를 하고 가다가다 정신을 놓으시니 걱정이 되어서 시골에 계시게 할 수가 없었다. 병원에 모시고 가니 혈압도 높고 심장도 안 좋아져 잘 지켜보고 규칙적으로 약도 챙겨 드셔야 한다.

서울에 오신 지 일주일이 되자 어머니는 "제발 나 좀 일동에 데려다다오!" 하시며 애걸을 하셨다. 환자가 어딜 가시냐고 야단하듯 말씀드려도 "애써 지은 일 년 농사를 거둬들여야지 버릴 수는 없지 않느냐? 나 살려주는 셈치고 데려다다오." 하시며 어린애처럼 보채셨다.

하는 수 없이 어머니를 모시고 일동으로 갔다. 하루만 자고 다시 서울로 오신다는 약속을 전제로 하고서였다.

도착하자마자 어머니는 힘이 드신지 방으로 들어가서 누우셨다. 그러나 금방 일어나시더니 밭으로 나가셔서 지난번에 대강 털었던 콩 단을 갖다놓고는 남아 있던 콩꼬투리를 골라 내셨다. 그런데 그 콩 단에서 골라낸 콩이 한 됫박이 넘었다.

찬바람에 은행잎은 지는데 그렇게 어머니는 밭에 앉아 마지막 가을걷이를 하셨다.

나는 어머니 모르게 가만가만 뒤로 가서 사진을 찍었다. (어머니가 쑥스러워 하시므로……) 조금씩 앞으로 가서 찍다가 눈이 마주치자 어머니는 "이런 주접스런 모양을 뭐 하러 찍어!" 하며 어린애처럼 웃으셨다. 어머니께 가면 사진을 자주 찍게 된다. 어머니 모습을 많이 담아두고 싶어서다.

어머니는 그러고 있지 말고 지난주에 털었던 들깨 단도 다시 갖다가 털어보라고 하셨다. 이웃집 아주머니 두 분이 오셔서 다시 털어도 나올 게 없다며 그만두라고 하셨지만, 어머니 말씀이니 하는 수 없이 이불보를 깔아놓고 막대기로 깻단을 때렸다. 그런데 다 털린 줄 알았던 그 깻단에서 놀랍게도 거의 한 말이나 되는 들깨가 나왔다. 먼젓번에 이웃 아주머니가 도와준다고 털어줬는데, 그게 마음에 걸리셨는지 다시 시키신 것이었다. 들깨를 깨끗이 씻고 일어서 볕에 말리기 위해 널어두고 저녁 준비를 했다.

설거지를 끝내고 어머니 곁에 나란히 누웠다.

이불을 꺼내주시는데 보니 지난해 갖다드린 실크 이불이 한 번도 덮지 않으신 듯 새 것인 채로였다. 왜 안 덮으셨냐고 물으니 "나 살았을 적에 도로 가져가라. 나 죽고 나면 다 께랑한 (꺼림칙한) 법이다." 하신다.

한마디 한마디가 요즘은 예사롭지가 않다. 아마도 당신 건강이 예전 같지 않으니 떠날 준비를 이런 식으로 하시는 것이지 싶다. 요즘은 오전 나절에 한 번씩 까무락 정신을 놓으시곤 한다. 의사 말로는 피가 제대로 돌지 않기 때문이란다.

어느새 잠이 드신 어머니를 들여다보다가 손을 만져보았다. 평생을 일만 하신 손마디는 거칠고 굵다. 지난날, 삶이 너무 버겁게 느껴질 때면 어머니 품에 안겨 한바탕 울곤 했었다. 그러고 나면 만사가 다 해결된 것처럼 새로운 용기를 얻곤 했는데, 이제 어머니를 안아보니 그리 작을 수가 없다. 어찌 이리 야위셨는지…….

다음 날 아침엔 날씨가 너무 추웠다. 무가 얼 것 같아서 남동생과 무를 뽑았다. 동생은 무를 묻고 나는 무청을 잘라 다듬었다. 무청을 엮을 줄도 모르려니와 시간도 없어서 빨랫줄에 널어놓았다. 시래기 한 줄기도 버리지 않고 알뜰하게 주워다가 줄에 널었다. 밤나무 아래 떨어진 콩 몇 알도 다 주워서 주머니에 넣었다. 모두가 어머니 피땀인 것을 어찌 한 톨인들 버리랴!

땅거미가 내리는 빈 밭에 서니 어머니의 물기 어린 마음을 알 것도 같다. 엄마 잃은 칠남매의 맏이로, 아비 잃은 육남매를 기르며 가난한 삶을 꾸린 어머니로, 평생을 해일같이 밀려드는 슬픔과 고통을 다스리며 있는 힘 다해 삶을 껴안았을 것이다.

마음을 비우고 욕심 없이 살아오신 어머니, 검소하고 부지런함이 몸에 밴 어머니, 문득 돌아보니 그곳에는 어머니가 걸어온 길을 이정표 삼아 걸어가고 있는 내가 서 있다.

단골 미용실 찾기

어느 날, 어머니가 머리가 너무 자랐다며 미용실에 데려다 달라고 하셨다. 동생이 운전하는 차에 어머니를 태우고 일동 시내로 나갔다. 어머니는 상호는 모르고, 병원 골목으로 들어가면 다니던 미용실이 있다고 일러주셨다. 그런데 병원이 세 개나 되었다. 병원 이름을 기억하지 못하시니 어느 골목으로 들어가야 할지 난감했다. 몇 번이나 유턴을 해가며 골목을 샅샅이 들여다봐야 했다.

첫 번째 병원 골목으로 들어가니 막다른 골목 안에 우체국이 있었다. 아니었다! 두 번째 병원 골목으로 들어가니 이번엔 농협 마트가 가로 막고 있었다. 아니었다! 세 번째 병원 골목은 너무 복잡해서 동생이 차에서 내려 골목 안을 직접 살펴보았다. 잠시 후에 동생이 손을 좌우로 흔들었다. 역시 아니었다!

"어머니! 다른 데를 잘못 아신 거 아니세요?"

"아니다, 분명히 이쪽 병원 골목이야!"

"그런데 아무리 찾아봐도 없잖아요? 다른 미용실로 가면 안 돼요?"

길가에 미용실이 다섯 개나 있었다.

"다시 한번 찾아봐라."

짜증이 났지만 꾹 참고 다시 처음부터 찾아봤다. 역시 없었다!

어머니가 채소 파는 아주머니들에게 물어보라고 하셔서 차를 세우고 여쭤봤더니 소방서 골목으로 가보란다. 그런데 소방서를 찾을 수가 없었다. 계속 직진만 하고 있자니 어머니가 "여긴 가당치도 않다!"며 마뜩잖은 기색을 비추셨다.

나도 속이 부글부글 끓어올라서 퉁명스럽게 말했다.

"어머니, 저기 길 옆에 있는 미용실로 가요."

"……."

어머니는 이제 입을 꾹 다무신 채 대답도 하지 않으셨다. 못마땅하신 것이다.

그때 떠오른 생각!

"어머니, 먼젓번에 누구랑 같이 그 미용실에 가셨어요?"

"용석이 할머니랑 갔었지."

그런데 그 할머니 전화번호를 알아야 말이지.

그때 마침 용석이 엄마 생각이 났다. 어머니 일로 부탁할 일이 간혹 생겨 이웃에 사는 용석이 엄마 전화번호를 적어뒀었다. 가방에 든 수첩을 꺼내 전화번호를 찾아 전화를 걸었다. 용석이 할머니한테 미용실이 어딘지 알아봐 달라고 부탁해놓고 길가에 차를 세우고 기다렸다. 잠시 후에 용석이 할머니가 전화를 받지 않는다며 직접 따로 살고 계신 할머니 댁으로 가보겠다는 연락이 왔다. 10분쯤 기다렸더니 태양당 약국 골목으로 들어가면 미용실이 있는데 이름은 모르신다고 한다.

'후유~~.' 안도의 한숨을 내쉬고 다시 차를 돌려 약국 골목으로 들어갔더니 '미용실'이라고 씌어 있었다.

"어머니, 찾았어요! 내리세요!"

반색하며 드린 말씀에 뜻밖의 퉁명스러운 대답이 돌아왔다.

"저긴 아니다."

자세히 보니까 개 미용실이다. 휴~!

맥이 빠져서 이리저리 휘둘러보다 보니 저만치 '에덴 미용실'이란 간판이 눈에 들어왔다. 얼마나 반갑던지 손뼉까지 치면서 뛸 듯이 좋아했다. 그런데 이번에는 공사 중인 불도저가 골목길을 가로막고 서 있는 것이 아닌가. 어머니가 걸음을 못 걸으시니 차로 미용실 앞까지 가야만 했다. 하는 수 없이 차를 세워두고 불도저 기사한테 가서 사정을 이야기하고 나서야 겨우 통과할 수 있었다.

'이제 됐다' 하고는 미용실 앞에 차를 세우고 어머니를 부축해 미용실로 들어가려는데, 세상에! 미용실 문이 잠겨 있는 것이었다. 어머니 머리 다듬는 일이 어찌 이토록 고되단 말인가! 이젠 정말 포기하고 발걸음을 되돌리려는데, 마침 건너편에서 우릴 보고 있던 보신탕집 아주머니가 나오시더니 미용실 주인은 미용 세미나가 있어서 포천 읍내에 나갔다고 알려주었다. 난감해하며 서 있으려니까 그 아줌마가 미용사 전화번호를 알려주면서 한번 걸어보란다.

세미나 간 사람한테는 미안했지만, 어머니를 또 언제 모시고 나올 수 있을까 생각하니 오늘 꼭 자르고 들어갔으면 싶은 마음이 앞섰다. 전화를 하니 다행히 한 시간 후에는 돌아온단다. 그동안 그냥 길에서 기다릴 수 없어서 어머니를 다시 차에 태우고 꽤 멀리 떨어진 약수터로 가서 트렁크에 있던 물통을 꺼내 물을 받았다. 그사이 어머니는 느긋하게 창밖으로 가을 경치를 감상하고 계셨다.

그렇게 한 시간을 보내고 다시 미용실로 돌아왔다.

미용사 아주머니가 그렇게 반가울 수가 없었다.

어머니가 머리를 자르시는 동안 동생과 나는 소파에 앉아서 그 모습을 구경했다.

미용실 안을 둘러보니 꼭 70년대 미용실 같다. 어머니는 왜

이 미용실을 그토록 고집하신 걸까? 아마도 수더분하고 친절한 미용사 아주머니 때문인 것 같았다. 나이가 들수록 익숙하고 정든 것들에 대한 애착이 깊어지는 그 심정을 나도 잘 아는 터라 길게 생각지 않고도 어머니 마음을 이해할 수 있었다. 동시에, 그 마음을 헤아리지 못하고 짜증 부린 좀 전의 행동들이 떠올라 낯이 뜨거워졌다.

커트 값은 5천 원이었지만, 전화를 해서 와 달라고 독촉을 한 게 미안해서 만 원을 드리고 그곳을 나왔다. 돌아오는 길에 다시 살펴보니 어머니가 말씀하신 골목이 맞았는데 동생이 끝까지 가보지 않아 찾지 못했던 것이었다. 어쨌든 이참에 길을 확실히 익혀두었으니 다시 헤맬 일은 없을 것이다.

룸미러로 살펴보니 말끔하게 다듬어진 머리가 맘에 드시는지 어머니의 얼굴이 한결 환해 보였다. 흡족해하시는 어머니를 보니 내 마음도 더없이 개운했다.

생각해보면 우여곡절 끝에 미용실을 찾은 오늘의 일이 어쩌면 후에 형제들 간에 나눌 수 있는 재미있는 이야깃거리가 될 것이다. 만약 미용실을 한 번에 잘 찾아갔더라면 별일 아닌 일로 잊혔을 게 아닌가. 종종 이렇게 어머니의 일상을 함께하는 것으로 더 많은 추억을 쌓아두어야겠다. 어머니 가신 후에 하나씩 꺼내볼 수 있도록…….

명란 두 쪽

어머니가 식탁에 찐 명란 두 쪽을 내놓으셨는데, 보니까 명란이 알갱이 하나 달라붙지 않은 게 유난히 매끈하고 이상했다. 마치 플라스틱으로 만들어놓은 모형 같았다.

"엄마, 명란이 왜 이렇게 매끈하지?" 하고 여쭈었더니 우물쭈물 하며 웃으신다.

그 순간, 뇌리를 스치는 생각.

지난주에 왔을 때, 동생이 쪄다드린 명란을 안 드시고 그대로 두신 것이다.

찐 명란을 좋아하는 어머니 드시라고 해다드린 것을 명란 좋아하는 큰딸 주려고 겉에 붙은 알갱이만 조심조심 떼어 드신 것이다.

너무나 가난했던 그 시절, 맛있는 건 온통 자식들 차지였다.

지금은 뭐든 아쉬움 없이 먹고 싶은 대로 잘 먹고 사는 딸년들이건만, 아직도 자식만 생각하시는 어머니는 그까짓 명란 몇 쪽을 차마 혼자 드시지 못한다.

말라빠지고 반들반들해진 명란 두 쪽은 먹을 마음이 전혀 나지 않았다. 밥 한 공기를 다 비울 때까지 명란 두 쪽은 그렇게 그대로 놓여 있었다.

다음에 올 땐 명란 한 통을 사다드려야겠다고 마음먹었지만, 그 또한 드시지 않고 냉장고 안에서 변질될 것이 뻔하다. 수박을 한통 사다드려도 혼자서는 안 드시고 다들 모였을 때 먹는다고 아껴두셨다가 결국 신선함을 잃고서야 드시곤 했다. 먹는 것보다 썩어 버리는 게 더 많았다.

화까지 내가며 그러지 마시라고 해도 소용이 없었다.

이젠 어머니가 어머니 자신을 위해 사시면 좋으련만, 평생을 자신을 위해 살아본 적이 없어서 그런지 그런 삶은 상상도 하지 못하신다. 이런 일로 늘 어머니께 화를 내는 것이 매번 후회되곤 하지만, 같은 일이 있을 때마다 어김없이 화를 내게 된다.

배추 심기

　해마다 김장철이 되면 주부들은 무 배추 값에 신경이 쓰인다. 어느 해는 고추 값이, 어느 해는 무, 배추 값이 치솟는다. 그래도 우리 집은 어머니가 가꾸시는 텃밭 농사 덕분에 육남매 김장 걱정이 없다. 그 대신 무, 배추를 심고 가꾸려면 모두 모여 농사일을 거들어야 한다. 그런데 그 일이 보통 힘든 일이 아니다.

　올해도 양력 8월이 되자 김장 채소를 심으러 시골에 모였다. 이번에는 두 남동생이 빠지고 네 자매뿐이다.

　우리는 배추를 심기 전에 우선 밭에 남아 있는 옥수숫대를 괭이로 파내야 했다. 한데 그 뿌리가 어찌나 단단하게 자릴 잡았는지 옥수숫대 둘레를 돌아가며 괭이질을 한 후 두 손으로 뽑아내면 흙 덩이째 뽑혀 나와, 조금 과장하자면 파낸 구덩이가 밭 한 뙈기는 되어 보였다.

　괭이질을 할 때마다 흙먼지가 풀썩풀썩 올라왔다.

한여름 뙤약볕 아래서 하는 일이다 보니 몇 뿌리 캐지 않아 흘러내린 땀으로 옷이 다 젖고 눈이 쓰라렸다. 옷소매로 비 오듯 쏟아지는 땀을 닦아가며 삽으로 고랑을 치고 밭이랑을 만들고 퇴비를 얹고 쇠스랑으로 흙을 고루 폈다. 그 일을 반복하다 보니 손바닥이 이내 부풀어서 얼얼해졌다.

날이 너무 가물어서 하는 수 없이 막내 여동생이 호스를 끌어다가 물을 뿌렸다.

밭에 골고루 물을 준 후, 일동 시내에 나가서 배추 모와 무 씨, 갓 씨, 총각 무 씨 그리고 비료 한 포대를 사서 돌아왔다. 배추 모는 120개 한 판에 6천 원이었다.

남동생들이 왔으면 힘이 덜 들었을 테지만, 큰 남동생은 강원도로 늦은 휴가를 떠났고, 작은 남동생은 부부가 태국으로 여행을 떠나서 여자들끼리 하려니 더 힘들었다.

고된 하루 일을 마치고 우리는 저녁으로 콩국수를 해 먹었다. 어머니가 좋아하는 음식이라 집에서 미리 콩을 불려서 믹서에 갈아 콩국을 준비해갔다. 거를 체까지 차에 싣고 가서 부드럽고 곱게 만들어드렸더니 한 그릇을 달게 드셔서 너무 기분이 좋았다.

상을 치우고 나니 이내 잠이 쏟아졌다. 서툰 농사일에 많이 피곤했던지 어머니와 얘기 나눌 새도 없이 곯아떨어졌다. 잠결에 어머니가 베개를 고쳐 베어주시는 것이 어렴풋이 느껴졌다. 이렇게 이불을 덮어주시거나 베개를 바로 잡아주시는 어머니 손길을 느낄 때마다 어린애가 된 듯 행복하니, 나이를 먹어도 어머니 손길은 따습기만 하다.

이튿날 새벽에 일어나니 삭신이 다 쑤셨지만, 더위가 시작되기 전인 이른 아침에 밭으로 나가서 배추모를 심었다. 어머니는 밭고랑을 기다시피 휘젓고 다니면서 배추 심는 법과 간격을 알려주셨다. 모판에서 배추모를 떼어낼 때는 행여 뿌리가 상할세라 갓난 아이 다루듯 해야 했다.

다 심어놓고 바라보니 연둣빛 배추들이 줄을 지어 선 모양이 너무 아름다웠다. 심을 땐 힘들었지만, 그 일을 모두 마친 우리가 대견스러웠다. 우리 육남매의 김장배추다.

배추모를 다 심은 뒤 한 이랑에는 배추씨를 뿌렸다. 어머니가 배추모만 심어놓으면 솎아 먹는 재미가 없다며 배추씨를 뿌리라고 하셨기 때문이다.

나머지 밭엔 나중에 총각무를 심으신다더니, 무가 아무래도 적을 것 같으니 무를 두 이랑 더 심으라신다. 새벽부터 시작된 일에 지칠 대로 지친 터라, 다 끝난 줄 알았던 일을 또 시작하려니 슬그머니 짜증이 밀려왔지만 하는 수 없었다.

그렇게 밭일을 다 끝내고 나니 오후 3시였다.

그러고도 어머니는 걸음도 잘 걷지 못하시면서 자식들 챙겨 줄 애호박과 호박순을 따고 계셨다. 그 모습을 멀리서 보고 있자니 일하는 사이사이 "배추가 금값이라도 사먹고 말지 이런 고생을 또 하진 못하겠다."며 투덜거렸던 게 마음에 걸렸다.

서투르게 심어놓은 배추가 잘 자라서 어머니 마음을 흡족하게 해드렸으면 좋겠다.

「진달래 - 기억의 저편」, 120×80cm, 이마포 위에 유채, 2006

5부
차마 하지 못한 말들

어제 인찬네가 왔다가 오늘 밤에 갔다.
그저 꿈에 다녀간 것만 같다.
얼마나 목메어 기다리고 기다려야 오려나.
그 기다림에 또 희망을 건다.

병상의 괴로움

1

오늘은 수빈네(서울 집 2층에서 함께 살고 있는 막내딸네) 방과 마루를 수리했다.

치울 것이 많을 것 같아서 새벽같이 일어나 옥상에 물 받아 놓고 부지런히 올라가 치워주려고 했더니, 걱정 말라고 핀잔을 주었다. 마음이 몹시 아팠다.

늙고 병들어 그런지 몰라도, 노여움이 많고 서글퍼지기만 한다. 내가 깊은 병이 들어서 그런지, 조금만 눈치가 달라도 마음이 허전하고 마음을 어디에 의지할 데가 없다.

오늘은 서리 맞은 호박잎처럼 기운이 쭉 빠져 지냈다.

2

3월 22일 오후 2시.

원자력 병원으로 정신없이 달려가는 내 마음 당황하고 하늘이 쫙 가라앉는 듯 땅이 꺼지는 듯했다. 마음이 불안하고 여러 남매들에게 미안한 생각에 살 의욕이 없었다.

(자궁암 진단을 받고) 병원에 입원한 후 공휴일 날 저녁에 병상에 혼자 있어보니 외롭고 삭막하였다. 그 다음 날 수술실에 들어갈 때는 연화가 있으니 마음이 든든하고 의지가 되었다.

내가 꼭 어린애 같고 철부지 같았다.

자식들이 얼마나 당황하고 경황들이 없을까 생각하니, 자식들 못할 노릇이다 싶어 그대로 죽고 싶었다.

이번에 연화가 너무 힘들었다. 미안한 마음 금할 수 없다.

3

내 병이 겉으로 내민 병 같으면 남이라도 아픈 줄 알겠지만, 속으로만 아프니 남은 모른다. 꼭 꾀병 같다.

이 병은 나 혼자만의 고통이다.

완쾌는 안 되었고 죽는 날까지 끌고 갈 병이다.

4

내 마음엔 항상 구름이 낀다. 항상 아프니 이 고통은 아무도 모른다. 긴 병에 효자 없다는 말도 있더라. 식구들이 참으로 못할 일이다.

인성 어멈(큰며느리)이 한 달에 한 번씩은 어김없이 병원에 가야 한다. 약을 타 와야 하기 때문이다. 병원 출입을 십 년을 하게 되니 인성 어멈이 얼마나 힘이 들겠나, 생각하면 인성 어멈 볼 면목이 없고 속상하다.

이것저것 모르는 바 아니고 항상 마음이 편하지 못하다.

5

오늘 밤에 춘연이(작은아들)한테서 전화가 왔었다. 내일이 토요일이어서 온다는 것을 한사코 오지 말라고 말렸다. 다음 주일에나 오라고 하였다. 어제부터 몸의 진통이 몹시 와서 그랬다.

이렇게 아플 때 오면 자식이나 며느리나 얼마나 귀찮고 속상하겠나. 그래서 오지 말랬다. 왜 오지 말라는지 춘연이는 이상할 거다.

막상 오지 말래놓고 큰 방에 혼자 누우니 베개 위로 눈물이 줄줄 흐른다. 내가 오지 말래놓고 쓸쓸하고 서글픈 마음을 가눌 길이 없다. 그냥 오라고 놔둘 걸 그랬나, 하는 생각도 든다. 이랬다 저랬다 내 마음을 내가 가눌 수 없는 밤이다.

밤 12시가 넘어서.

6

오늘은 토요일. 인성이 아범(큰아들)이 오는 날이다.

인성 아범이 오는 날은 마음이 불안하다. 일주일 만에 모처럼 집에 오는데 이 늙은 어미는 허구한 날 구들장만 지고 누웠으니 얼마나 답답하고 속상할까, 생각하면 몸 둘 바를 모르겠다.

어떤 날은 그만하고 어떤 날은 더 하고 이 병은 변화를 부린다. 인성 아범 오는 날은 아무리 아파도 안 아픈 척하고 집 안 청소도 하고 마당도 쓴다.

오늘도 대강 치우고 났더니 몸이 아주 기진맥진이다.

오늘도 새벽 2시에.

7

동지섣달 기나긴 밤을 잠 한숨 이룰 수 없다. 나뭇잎 구르는 소리, 문풍지 우는 소리 서글프기만 하다.

이 긴긴 밤을 지새우며 아무리 잠을 자려고 애를 써도 잠은 오지 않고, 눈만 점점 더 뻣뻣해지고, 별별 생각이 다 든다. 진통이 올 때마다 까무러칠 것 같다. 누우면 통증이 더하다.

그리하여 밤이면 수십 번씩 앉았다 누웠다 한다. 한참 쩔쩔매다 시계를 보면 겨우 10분이 지났다.

그렇게 몹시 아프다.

8

삼일절 날 무슨 액땜인지 수가 사나워 거미줄에 휘말려 엎어졌다. 다리에 부상을 입어 힘줄이 당기고 안 아픈 데가 없다. 무슨 죽을 수인지 모르겠다. 그때 그 쓰러진 자리에서 바로 죽었으면 이 고통도 없었으련만, 어찌해서 또 살았나.

고통은 심하고 마음은 외롭고 쓸쓸해 잠을 이룰 수가 없다. 누웠다 일어났다 안절부절 못하고 꼬박 밤을 새운다.

고통스런 밤이 길기도 하다.

새벽 3시.

9

요즘에는 온 전신에 붓기가 있다. 자식들 볼 면목이 없다.

허구한 날 눕게만 되니 나도 못할 일이다. 인성 아범이 오는 날만은 몸이 암만 괴롭고 아파도 안 아픈 척하고 싶은데, 참으로 힘들다. 일주일 만에 집이라고 와봐야 이 어미는 언제나 구들장만 지고 있으니 무슨 기분이 있겠나, 생각하면 답답한 심정 헤아릴 수 없다.

나는 전생에 무슨 죄가 많아 죽는 복도 못 타고 났나. 병마에 시달리며 이 긴긴 세월을 이 답답한 골방에서 저세상으로 가는 날까지 기다려야 하나. 자식들 볼 면목이 없다.

보고 싶은 인성아

1

　인성이를 캐나다로 보낸다는 이야기를 듣고 가슴이 무너져 내리는 것 같았다.

　캐나다에 저희 큰 이모가 있어서 거기 보내 공부시킨다고 한다. 우리 인성이는 황씨 집안 장손인데, 이제 보내고 나면 내 살아생전에 다시 보기는 글렀다.

　밥도 안 넘어가고 잠도 안 온다. 아무것도 좋은 게 없다.

2

　인성이가 여권에 붙일 증명사진을 찍어서 한 장을 내게 보라고 주었다.

　그 사진을 보며 얼마나 가슴이 철렁 내려앉았는지 쏟아지는 눈물을 감당할 수 없었다. 그리고 얼마 안 되어 음력 정월 초사흗날, 이 할머니에게 복조리를 사다주며 "할머니 이거 어디다 걸어요?" 하던 소리가 지금도 귓가에 쟁쟁하다.

인성이가 보고 싶을 때마다 벽에 걸린 그 복조리를 인성이 보듯이 바라본다. 그 복조리를 바라보면 어느새 복조리가 뿌옇게 흐려 보인다.

아, 보고 싶은 인성아.

3

사랑하는 우리 인성이. 양곡에서 처음 이사 왔을 때, 이 할머니 하고 한 방에서 한 이불 덮고 잤다. 자면서 만져보면 다른 애들 같지 않고 어찌나 말랐는지 뼈가 올근볼근 만져졌었다. 몸이 쇠약하여 우리 인성이 무엇을 먹여야 하나 늘 고민이었다.

저녁이면 이 할머니 방문 단속해주고 불 꺼주고 그랬다. 그게 그토록 대견하고 고마울 수가 없었다.

인성이 가고 없으니 그때가 그토록 그리웁구나.

4

멀고 먼 나라, 어딘지 방향조차 알 수 없는 그곳.

우리 인성이가 간 곳.

보고 싶다, 불러 보고 또 불러 본다.

자나 깨나 네 모습 눈에 어리고 네 목소리 귓가에 쟁쟁하다.

저녁때가 되면 "할머니!" 하고 들어오는 것 같아 저절로 눈이 문으로 간다. 시도 때도 없이 눈에 밟힌다. 여기 있을 때, 좀 더 잘해주지 못하여 후회스럽고 마음이 아프구나.

아무쪼록 몸 건강하고 공부 잘해서 출중한 큰 인물이 되어라.

이곳은 밤 1시. 그곳은 낮이겠지.

5

인성아, 너 보내놓고 조목조목 생각하니 생각할수록 후회뿐이다.

식성 까다로운 너를 할머니가 몸이 아파서 제대로 해 먹이지 못했다. 잘해준 것은 하나도 생각 안 나고 생각나는 것은 잘못한 것뿐이다.

할머니가 너한테 잔소리도 참 많이 했다. 그 하나하나가 이제는 내 가슴을 짓누르는 바윗덩이가 되었다.

네가 떠나던 날은 어찌나 마음을 걷잡을 수 없었는지 애간장이 다 녹는 듯하였다. 공부가 뭔지 어린것이 그 머나먼 타국 땅에 부모 떨어져 가는 것이 너무나 가엾었다.

바다 건너 머나먼 그곳, 네가 간 곳이 동서남북 어느 쪽인지도 몰라 먼 하늘만 바라보며 네 이름을 불러본다.

6

인성아, 너의 편지를 받고 얼마나 기쁘고 반가웠는지 모른다. 너의 편지를 어루만지고 쓰다듬으며 하염없이 흐르는 눈물 감당할 수 없었다. 네 편지를 읽고 또 읽었다.

마음 같아서는 자주 편지 하고 싶지만, 네가 알다시피 할머니는 글씨가 익숙지 못하여 너한테 편지도 못한다.

인성아, 아무쪼록 그곳 어른들 말씀 잘 듣고 공부 열심히 하거라. 어디 가나 황씨 집안의 장손임을 잊지 말고 모범을 보여라.

보고 싶은 인성아, 몸 건강하거라.

7

사랑하는 내 손자 인성아.

안타깝게 불러보는 이 할머니 마음을 너는 아느냐 모르느냐.

보고 싶어도 못 보는 심정, 불러보아도 불러보아도 산울림만 메아리 치고, 돌아오는 것은 외로움뿐이다.

밤마다 밤마다 소리 없이 불러보았다. 이것을 보아도 생각이 나고, 저것을 보아도 생각이 난다. 문득문득 생각날 때마다 나도 모르게 눈물이 쏟아진다.

인성아…… 인성아…….

8

음력 8월 보름날 아침에 차례를 올리고 여러 친척이 한자리에 모여 차례 음식들을 먹었다. 모두 즐거운 대화 속에 떠들썩한데 나는 인성이 생각이 나서 밖에 나가 있었다. 새로운 음식들을 보니 인성이 생각이 더 간절하였다.

맛있는 것을 보아도 좋은 것을 보아도 인성이가 맘에 걸린다. 이렇게 너무 슬퍼 말자 하면서도 내 마음을 나도, 인력으로 어찌 못하겠다. 언제 만나 볼지 기약조차 없으니, 생각하면 더 기가 막히는구나.

사랑스런 나의 손자들

1 나의 말벗 승빈이

옷을 갈아입는데 승빈이가 들어와 있다가 보더니 할머니 젖은 왜 말랐냐고 해서 "이모들이랑 너희 엄마가 먹어서 그렇다."고 하니까 "그럼 우리 아빠도 먹었어요?" 해서 한참 웃었다. 웃을 일이 없던 참에 손자 녀석 때문에 웃었다.

승빈이를 데리고 있으면 심심치가 않다. 제법 말벗이 되어 준다. 어떻게나 말을 잘하는지 혀를 홰홰 내두를 정도다.

숫기가 좋아서 모르는 사람하고도 얘기를 잘한다.

얼마 전에는 할머니 신랑은 어디 있느냐고 해서 할머니는 신랑이 없어서 돈 주는 사람이 없다고 했더니 눈물을 펑펑 쏟고 울었다. 손자 놈과 장난으로 주고받던 말이 어느새 둘이서 울게 되었다.

어떤 때는 말썽부리고 말을 안 들어 속상해서 야단칠 때도 있지만 승빈이는 우리 집 화초다. 우리 집 귀염둥이다.

2 민교의 입대

민교 보아라.

따뜻한 봄에라도 군인을 가게 되었으면 마음이 놓일 텐데, 엄동설한에 군인을 나간다니 마음이 놓이지 않고 가슴이 아프구나. 게다가 손까지 다쳐 낫지도 않았으니 이 추위에 얼마나 고생이 되며, 그 인정사정없다는 군대 생활을 하려니 생각하면 내 몸이 뼈를 깎는 듯 아프고 흐르는 눈물을 막을 수가 없구나.

돌아보면 세월이 참 빠르기도 하다. 우리 민교가 벌써 군인이 되었다니, 지나간 세월이 꿈만 같다. 스무 살이 되도록 고생만 시키다가 끝내 제 방 한 칸 마련해주지 못하고 그 좁은 방 한 칸에서 발 한 번 마음 놓고 뻗어보지 못했으니, 이제 너를 군대에 보내는 이 할미 마음은 어떻겠니?

그 쓰리고 아픈 할미 마음 아무도 모를 거야.

민교야.

그래도 너는 양친부모 앞에서 군인을 나가게 되니 얼마나 마음 든든하냐. 아무쪼록 용기 내어 마음 힘차게 굳게 먹고 힘든 일을 이기어 나가거라. 남한테 업신여김 받지 말고 큰 그릇이 되어 남한테 웃보여야 한다.

답답할 때에는 춘연이(작은아들) 삼촌을 생각하여라. 삼촌은 자랄 때 많이 굶주리고 만고풍상 다 겪었다. 그리하여 웬만한 고생은 다 이겨 나간단다.

민교야.

너도 젊어서 마음만 굳게 먹으면, 옛날 생각하며 잘 살 거야.

몸 건강히 군대 생활을 마치기 바란다. 이 추위에 다친 손을 조심하여라. 그리고 얼마 안 되는 거다만 엄마 편에 보내니 훈련할 때 배고플 때 무엇이든지 사서 요기하여라.

민교야, 아무쪼록 무사히 군대 잘 다녀오너라.

이만 줄인다.

3 화장품과 손수건

우리 인찬이, 혜림이가 고맙고 기특하다.

그 어린것들이 할머니를 그처럼 생각해주니 가슴이 뭉클하다. 항상 할머니 마음을 북돋아주고 따뜻하게 대해주니 참 고맙다.

지난 번 생일에 인찬이가 사다준 화장품과 혜림이가 사다준 손수건을 가끔 본다. 화장품을 쓸 때마다 손수건을 쓸 때마다 고맙고 생각이 난다. 다음에 오면 우리 혜림이, 인찬이에게 무엇을 사주어야 할까 궁리해본다.

귀여운 것들, 사랑한다.

4 우리 외손자

우리 외손자, 마음 쓰는 게 기특하다.

외할머니라고 찾아주니 무척 기뻤다. 사 가지고 온 케이크도 잘 먹었고 용돈도 염치없이 받았다.

우리 외손자 석교, 민교, 이 할머니의 마음 든든하고 믿음직스럽다. 우리 딸은 자식 농사를 잘 지었다. 어디 내놔도 자랑스럽다.

5 세뱃돈

신년 새해 아침, 차례 올리고 귀여운 손자 손녀들에게 세배를 받고 세뱃돈 나누어줄 때 참으로 기분이 좋았다.

우리 귀염둥이들이 자랑스러웠다.

인찬이, 혜림이는 이 할머니에게 버선을 사다주었다. 버선을 신을 때마다 따뜻한 느낌에 가슴이 훈훈하다.

6 스웨터

어버이날, 석교가 스웨터를 사왔다.

공부하는 녀석이 돈도 없을 텐데 무슨 돈으로 사 왔는지 가슴이 찌르르하다. 스웨터를 입어 보며 눈시울이 뜨거웠다.

어떻게 골랐는지 아주 맘에 꼭 든다. 이 옷을 입을 때마다 네 생각이 날 것 같다. 한 집에 살 때 잘해주지도 못한 것이 항상 가슴에 걸린다.

석교야, 고맙다.

7 민교의 결혼식

민교가 장가를 들었다.

결혼식 날 보니 우리 민교 미남 중의 미남이었다. 어떤 집 사위 하나 참 잘 보았다. 신부도 달덩이 같이 환한 게 키도 미끈하게 컸다. 신랑 신부가 잘 어울렸다.

민교를 보니 저희 아버지가 생각났다. 저희 아버지도 총각 때 꼭 민교와 똑같았다. 이 할머니도 너희 아버지한테 반하여서 너희 엄마와 결혼을 승낙했었다.

(엄마 아빠) 결혼식 날 할머니 등 뒤에서 손님들이 신랑 잘났다고 칭찬하는 소리를 들었을 때, 얼마나 흐뭇하고 기분이 좋았는지 모른다. 딸 잘났다는 소리보다 사위가 미남이란 소리가 더 듣기 좋았다.

그런데 우리 민교도 미남 소리 많이 들을 거다. 생각만 해도 내 마음이 흐뭇하였다.

서운했던 날들

1 인찬네가 돌아간 뒤

어제 인찬네(작은아들네)가 왔다가 오늘 밤에 갔다.

어린것을 데리고 늦은 밤에 가는 뒷모습을 바라볼 때 마음이 몹시도 서운하였다.

이제는 방학을 해도 놀지도 못하고 잘해야 하루 저녁 묵고 간다. 그저 꿈에 다녀간 것만 같다. 또 얼마나 목메어 기다리고 기다려야 오려나.

그 기다림에 또 희망을 건다.

2 보고 싶은 명화

명화(셋째 딸)가 온다온다 하면서도 못 온다.

올 때마다 빈손으로 오지 않으려니 오기가 힘들지 않느냐. 아무 때나 빈손으로라도 좋으니 그냥 왔으면 좋겠다.

부모의 마음은 언제나 와주는 것만으로도 반갑고 무엇이든지 아낌없이 주고픈 마음뿐이다. 줄 것이 없으면 간장, 된장이라도 가져가면 좀 덜 서운하다.

좀 다녀가거라.

3 아버지 제삿날을 잊은 명화에게

이번에 제 아버지 제삿날 명화가 안 와 매우 섭섭하였다.

기다리고 기다리다 마음이 쓸쓸하고 야속하여, 딸자식은 소용없다더니 그 말이 옳다 하였다. 그래도 아버지 제삿날인데 혹시 오나 기다렸다. 다른 딸들은 다 왔는데 명화만 안 왔다. 이제는 친정을 멀리하여 방학 때가 되어도 애들도 안 보내고 무엇 때문에 발을 끊는지 모르겠다. 전화 한 통 안 하고, 멀리 멀리 외국 땅으로 보낸 것 같다.

가뜩이나 고독하고 쓸쓸한, 이 병들고 늙은 엄마가 사는 동안만이라도 자주 찾아왔으면 좋으련만 그렇게 안 다니니, 너는 모를 거야 어미가 널 얼마나 목마르게 기다리는지.

4 야속한 자식들

사람의 마음은 참으로 간사하다.

자식들의 따뜻한 말 한마디에 쓸쓸한 마음이 눈 녹듯이 스러지고 살 의욕이 샘솟는다.

그러나 자식들의 찬바람은 피가 마르는 듯 야속하고 가슴엔 피멍이 드는 것 같다. 남한테 무시당하는 것보다 천 배 만 배 더 야속하게 느껴진다.

5 수빈이의 신경질

수빈이는 업어 길러서 정이 많이 들었다.

할머니는 수빈이를 애지중지하며 업어 길렀건만 수빈이는 커 가면서 일절 할머니한테 말이 없다. 이 할머니가 무엇을 물을 때면 퉁명스럽게 대답을 해서 가슴이 아프다.

누구나 어려서 정이 들면 잊을 수가 없는데, 수빈이가 퉁명스러울 때면 가슴이 써늘하다. 오늘 저녁만 해도 승빈이가 밤 늦도록 안 들어와 걱정을 하였더니, "들어오겠죠 뭐." 하면서 신경질만 낸다.

이 할머니 마음이 몹시 서운했다.

6 인성이의 찬바람

우리 인성이가 초등학교에 다닐 때는 이 할머니한테 오순도순 따뜻한 말벗이 되어주었다. 허구한 날 화장실에서 요강을 갖다주었다.

그리하여 이 할머니는 참으로 고맙고 기특한 마음으로 나도

모르게 고마움에 눈물이 앞을 가리었다. 그러나 요즘에 와서
는 너무 찬바람이 일고 할머니한테 따뜻함이 멀어지고 내 곁
에는 아무도 없다.

이 가슴에 쓸쓸함만 느끼며 먼 산 바라보는 것으로 취미를
삼는다.

7 사위가 빠진 생일

요번 생일에 상민이 아범(둘째 사위)이 안 와서 참으로 서운
하였다. 무엇이 섭섭했는지 참으로 궁금하였다. 내 자식이 교
양이 부족하여, 아니면 시부모님 공경이 부족하여 그랬는지
나는 몸 둘 바를 몰랐다.

그러나 자식이란 겉을 낳지 속을 낳지 못한다. 사위가 별안
간 그처럼 변할 줄은 몰랐다. 내 마음에 먹구름이 진다.

자식을 잘못 가르쳐 몸 둘 바를 모르겠다. 딸자식 둔 부모는
언제나 죄인이다. 누구나 시집살이할 때는 참고 또 참아야 한다.

이 엄마가 전생에 죄가 많다.

나의 다섯 형제들

1 넷째 순임이

불쌍한 순임이. 순임이도 어머니 일찍 돌아가셔서 어린 것이 어리광 한 번 못 부려보고 서럽게 자라다가 순옥이 언니 결혼하니 어디다 의지할 곳 없이 풀 없이 자랐다.

그 동생들을 생각하면 지금도 목이 멘다. 그 불쌍한 동생들을 난 도와주지도 못하였다. 그것이 평생 가슴에 맺힌다. 순하고 착하기만 한 게 그래도 남편을 잘 만나 사랑 받고 사니 하늘이 도우셨나 보다.

2 자상한 우리 막내

우리 순무는 생각이 깊고 진국이다.

저의 큰매부 장사 때 생각을 하면 지금도 미안하다. 음력 정월 초닷샛 날 장사를 지냈으니 얼마나 추운데 고생이 많았을까.

장사 지낸 후 얼마 있다가 보니까 산소 주변에 향나무랑 진달래 꽃나무가 가지런히 심어져 있어, 이 누나는 고마운 마음에 감동의 눈물을 펑펑 쏟았다. 순무의 그 따뜻하고 자상한 마음을 가슴에 오래오래 지울 수 없다.

그런데도 이 누이는 사람 노릇을 못해 얼굴이 뜨겁다.

3 신촌 동생

신촌 동생(셋째 여동생 순옥)은 이 형을 엄마로 생각해준다. 그러나 나는 동생의 마음을 십분의 일도 생각 못한다.

올 때마다 이것저것 많이 사온다. 그것이 마음에 큰 부담이 된다. 몸도 불편한데 한 달에 몇 번씩 와준다. 이 형의 기둥, 지팡이가 되어준다. 마음이 든든하고 의지가 된다.

4 순임이의 마음 씀

상도동 우리 막내 동생네(넷째 여동생 순임)를 다녀왔다. 집을 새로 짓고 여러 가지로 옹색한 것 같은데 아무런 도움을 주지 못해 마음이 편하지 못하다. 이 형은 막내 동생에게 신세를 많이 졌다. 우리 집 지을 때도 문짝을 다 짜다가 맞추어주었고, 갔다 올 때마다 무엇이든지 한 보따리씩 싸주었다.

순임아, 미안하다. 너희 형부만 살았어도 너의 답답한 심정을 조금만이라도 보답하여 주었을 텐데, 그저 안타깝기만 하다. 은혜를 모르는 것은 금수와 다를 바가 없는데, 나는 이서방 볼 면목도 없고 부끄럽기만 하다. 순임아, 미안하다.

5 주안 동생의 내방

오늘은 주안 동생(둘째 남동생 순낭)이 와주었다.

참으로 반가웠다. 동생이 오면 따뜻한 대화 속에 오고 가는 정을 느끼며 시간 가는 것이 너무나 아쉽다. 이 골방에 주야로 앉으나 서나 말동무도 없이 고민만 늘고 고독하던 중에 주안 동생이 와주어서 마음에 생기를 불어 넣어주었다.

종일 가야 개미 새끼 한 마리 못 본다. 내 발로 못 다니니 외로울 수밖에 없다. 허구한 날 집 안에서 다람쥐 쳇바퀴 돌듯 방에서 부엌, 마루로, 마당에서 지하실로 하루해를 왔다 갔다 마치게 된다. 참으로 답답하다.

6 건강 체조

순무가 다녀갔다. 인성이 생일 케이크를 사 갖고 와서 인성이가 좋아 어쩔 줄을 몰랐다. 나도 마음이 흡족하였다.

순무는 자주 와서 누나의 마음을 훈훈하게 녹여주고 용기를 북돋아주고 간다. 오늘은 건강 체조도 가르쳐주었다.

잠 안 올 때 해봐야겠다.

7 동생의 뒷모습

명표 아범(셋째 남동생 순관)이 다녀갔다. 금방 간다고 해서 밥도 한 끼 따뜻이 못해 먹여 보내서 마음에 걸렸다. 그 무거운 도토리 가루를 추운 날씨에 들고 와서 고생이 많았다. 얼굴이 꺼칠한 것이 더 늙은 것 같아서 가슴이 쓰리고 아팠다.

춘천 살 때는 우리 집에 와서 고생만 한 동생이다. 제대하고 와서 어려웠을 때 도와주지 못한 누이의 심정을 알까 모를까.

동생을 배웅하고 돌아서는 마음이 쓰라렸다.

8 빈손으로 보내는 심정

상도동 동생(넷째 여동생 순임)이 수연이 하고 다녀갔다.

수연이도 이제는 몰라보게 예뻐졌다. 이번에도 이것저것 많이도 가져왔다. 그러나 우리 집은 누구나 갈 때는 빈손으로 보낸다.

상도동 동생은 마음이 부처님 같고 비단결 같다. 속상한 일이 있어도 내색 한 번 않고 얼굴 찡그리는 일이 없다. 어려서 어머니 잃고 불쌍하게 자란 내 동생, 성격이나 옴팡졌으면 좋으련만 욕심도 없고 착하기만 하다. 그래서 동생이 더 가엾다.

우리 가족 이야기

2008년 7월 19일, 홀로 시골집에 계시던 어머니가 냉장고 문을 열다가 넘어지면서 고관절 뼈가 으스러지는 사고를 당했다. 그날 바로 병원으로 옮겨 수술을 받았지만 회복하지 못하시고, 요양병원을 거쳐 넉 달 만에 서울 집으로 모셨다. 그때부터 하루 4시간씩 간병인을 쓰면서 네 딸과 올케가 번갈아가며 매주 이틀씩 간병을 했다. 뇌경색으로 사지를 쓸 수 없으시니, 밥도 먹여드리고 대소변도 받아내야 했다. 깔끔하던 성격의 어머니는 그런 현실을 너무나 고통스러워하시며 "왜 이렇게 안 죽어지냐."고 한탄하셨다.

그렇게 2년 8개월이 흘렀다. 어머니께도 자식들에게도 힘든 시간이었지만, 평생 고생만 한 어머니가 효도할 수 있는 마지막 기회를 주셨다고 생각하며 우리 육남매는 최선을 다해 어머니를 모셨다. 하지만 올 초 들어 혈전으로 몹시 고통스러워하시던 끝에 3월 31일 세상을 떠나셨다. 어머니는 고향인 강화도 하점면 선산에 있는 아버지 산소에 합장으로 묻히셨다.

맏손자 인성이가 사다 걸어준 복조리

어머니가 늘 만들어주시던 쑥개떡과 동치미

떠날 준비하시는 어머니

연일 비가 내려서 밭에도 나가지 못하고 집안에만 있게 되었다.

밤이 되자 어머니 곁에 나란히 누워서 이런저런 이야기를 나눴다. 어머니는 "내가 죽으면 장사 지낸 후 수고한 사람들에게 빼놓지 말고 인사 갖춰라."라는 이야기로 시작해서 "장례 치를 때 퇴관은 하지 마라(강화도에서는 장사 지낼 때 관 채로 묻지 않고 퇴관을 한다).", "앞으로 동생들 감싸주고 우애 있게 지내도록 해라." 등의 당부를 하셨다.

나는 어머니 어깨에 손을 얹고 귀에 대고 큰 소리로 아무 걱정 마시라고 말씀해드렸다. 따로 부탁하지 않으셔도 어머니 돌아가시고 나면 내가 다 알아서 해야 할 일들이다.

요즘은 건강이 안 좋으시니 매 순간 떠날 준비를 하시는 것 같다. 서울 집 장롱 서랍도 열어보면 깔끔히 정리되어 있고 일동 시골 집 이부자리도 많이 없애셨다. 그렇게 마지막 준비를 하시는 어머니 마음이 어떠실까 가늠해보니 너무 가슴이 아파 밤새 주무시는 어머니 손을 놓지 못했다. 그런 어머니를 지켜보면서 나 또한 주변을 준비할 때란 생각이 들었다. 여기저기 살펴보니 눈 가는 곳마다 어머니가 소중하고 요긴하게 쓰셨지만 너무 낡고 망가져서 다 버릴 것들뿐이다.

"버리고 갈 것만 남아 홀가분하다."라던 박경리 선생님의 말씀이 그대로 가슴에 와 닿았다.

이틀 밤을 자도 떠날 때는 늘 마음이 무겁다.

차가 밀리기 전에 출발하려고 일어서니 어머니가 마당까지 따라 나오셨다. 비가 또 오려는지 날씨가 흐려 들어가시라고 하고 차에 올라 시동을 걸었다. 하지만 어쩐지 안심이 되지 않아 다시 차에서 내려 날씨가 궂으니 밭에는 나가시지 말라고 재차 당부를 하니, 어린애처럼 고개를 끄덕이셨다.

그런데 그때 어머니가 갑자기 정신이 혼미해지시는 듯 휘청하셨다. 얼른 어머니를 모시고 집안으로 들어가는데, 옷에다가 그만 설사를 하셨다. 요즘 들어 종종 있는 일이다. 그대로 화장실로 모시고 가 옷을 벗기고 몸을 씻겨 드리는데, 딸이 뭐가 부끄러우신지 그 와중에도 바지를 부여잡고 놓지 않으셨다. 힘들게 옷을 벗겨 몸을 씻겨 드린 후 다시 방으로 모시려니 혼자 힘으로는 엄두가 나지 않았다. 잠시 생각한 끝에 망가진 전기요를 갖다 깔아놓고 그 위에 어머니를 앉히고는 안방까지 끌고 갔다. 어머니를 뉘여 드리고 다시 화장실로 가서 벗어놓으신 옷을 빠는데 와락 눈물이 쏟아졌다.

어머니의 속옷은 걸레나 마찬가지였다. 남편이 입던 속옷을 시골에서 걸레나 하라고 갖다 놨었는데, 그걸 고무줄을 새로 넣어 입고 계셨던 것이다. 남편의 헌 러닝셔츠도 그대로 입어서 소매 자락이 어머니의 허리춤까지 내려갔다. 걸레가 된 그 속옷을 빨다가 말고 나는 그대로 주저앉아 그만 통곡을 하고 말았다.

얼마 안 있어 죽을 몸, 새 옷 휘질러놓으면 뭐하냐며, 자식들이 사다드린 옷들은 이 담에 남들 주라고 상자에다 고이 모셔 두고 늘 해진 옷만 입으셨다. 우리들 키우시느라 새 옷 한 번 못 입으시고 평생을 고생만 하신 어머니가 안타까워 형제들이 형편 되는 대로 좋은 옷을 사다드리지만 입지 않으신다.

너무 그러셔도 자식들이 마음 아프단 생각을 왜 못하실까.

어느새 잠드신 어머니의 손을 붙잡고 있자니 뭉툭하게 잘려나간 듯 각진 손톱이 눈에 들어왔다. 한 시도 쉬지 않고 일을 하시니 손톱이 자랄 새가 없거니와 연세가 드시니 자라는 속도도 많이 더딜 터였다. 그 옆에 나란히 내 손을 갖다 대어보니 일을 많이 하지 않는 내 손톱은 윤기가 흐르고 끝이 동그스름하다.

주무시는 어머니 곁에 눈시울을 붉히며 한참을 앉아 있었다. 일찍 떠나려던 마음을 접고 막내 동생 내외가 바통을 이어받기를 기다렸다가, 동생더러 어머니 꼭 모시고 올라오라고 신신당부를 하고 점심때가 되어서야 차마 떨어지지 않는 발걸음을 옮겼다.

그날 저녁, 동생은 전화로 어머니가 식사도 잘하시고 설사도 멎었다는 반가운 소식을 들려주었다. 그러면서 어머니가 서울로 같이 올라가지 않겠다고 고집이시니 어떻게 하면 좋으냐고 물었다.

"무조건 서울로 모시고 와. 만약에 안 오시겠다고 하면 제부랑 둘이서 어머니를 강제로라도 차에 태워 꼭 모시고 와야해!"

신신당부를 하고 전화를 끊었다.

하지만 결국 동생이 지고 말았다. 사흘을 어머니와 함께 보내며 설득했지만, 올라가기 싫다며 울다시피 하시니 하는 수없이 어머니를 두고 올라올 수밖에 없었다고 한다. 어머니는 비가 와서 강낭콩이 썩기 전에 따야 하고, 옥수수도 며칠 있으면 여무니까 사흘만 더 있다가 서울로 올라오겠다고 하셨단다. 그나마 서너 시간 후면 작은 남동생이 도착한다는 연락을 받고 어머니를 두고 출발했다고 한다.

그런데 그 잠깐 사이에 사단이 나고 말았다. 혼자 계시던 어머니가 냉장고 문을 열다가 넘어지면서 싱크대 모서리에 부딪혀 고관절 뼈가 으스러지고 만 것이다.

그렇게 다치시고도 어머니는 동생들에게 언니한테는 알리지 말라고 당부를 하셨다고 한다. 꼭 모시고 올라오라고 신신 당부를 했는데 고집을 피우시다 그렇게 되고 나니 "언니한테 미안해서 어쩌냐!" 하며 걱정을 하셨다는 것이다.

어머니를 서울의 큰 병원으로 모신 날이 2008년 7월 19일이었다. 하지만 이렇다 할 치료 방법이 없었다. 수술을 하자니 고령으로 체력이 크게 약해지셔서 전신 마취를 감당하기 어려웠고, 그렇다고 그대로 두자니 으스러진 뼈 조각이 몸속을 돌아다니면서 말할 수 없는 통증을 일으키는 상황이었다. 동생들과 며칠을 의논했지만 어찌해야 좋을지 도무지 알 수가 없었다. 하지만 우리는 결정을 내려야 했고, 고심 끝에 수술을 하기로 했다.

그 뒤 돌아가실 때까지 꼬박 2년 8개월여를 그렇게 누워 계셔야 했다.

지금도 가끔 사고 나기 전 일동에 갔던 날이 떠오르곤 한다. 비가 잠시 멎은 틈을 타 밭에 나가서 들깨 모종을 하시던 어머니, 그것이 농사짓는 어머니의 마지막 모습이 되었다.

연로한 부모를 모시는 자식들의 마음이 모두 같겠지만 나 또한 날로 쇠약해져 가는 어머니를 보며 더 사시게 해달라는 욕심은 부리지 않는다. 다만 편히 계시다가 어느 날 등잔불 깜빡 꺼지듯이 그렇게 떠나시길 빌었는데, 마지막에 그토록 고생하신 어머니를 생각하면 지금도 가슴이 아프다 못해 비수로 가슴을 헤집는 것만 같다.

그 가을의 뜨락

어머니가 쓰러지신 후, 간병을 시작한 지 두 달이 되어갈 무렵에야 시골집의 농작물들 생각이 났다. 그동안은 경황이 없어서 그대로 방치해뒀지만, 어머니가 기어 다니며 지어놓은 작물들을 다 못쓰게 될 걸 생각하니 마음이 아파서 가지 않을 수가 없었다. 사실 집을 나서기 전에는 어머니가 안 계신 그곳에 어찌 가나 싶었다. 차마 그 슬픔을 어찌 견디랴 싶어서 두렵기까지 했다.

서울에서 한 시간 남짓 걸려 도착하니 두 달 새 그곳은 폐가처럼 보였다. 집 울타리에 심어놓은 호박 덩굴은 마당까지 뻗치고, 고추는 병에 걸려서 썩어가는 중이었다. 말라버린 오이 덩굴엔 늙은 오이가 주렁주렁 매달렸고, 딸 때가 지난 가지들이 말라비틀어진 채 방치되어 있었다. 또 강낭콩들은 썩은 채 말라버렸고, 늙은 호박들이 시들어가는 덩굴 속에서 맨 몸을 드러낸 채 뒹굴고, 녹두와 팥은 꼬투리가 터져서 빈 쭉정이만 매달려 있었다.

어머니가 애써 심고 가꾼 작물들이 그렇게 다 못쓰게 된 걸 보니 슬픔이 복받쳐 올랐다. 어머니는 서울에 계신데, 고구마 밭에서 들깨 밭을 거쳐 뒤란으로 돌아가며 어머니를 찾았다. 곳곳에서 어머니 모습이 보였다.

문을 열고 집 안으로 들어서니 오랫동안 문을 닫아둔 집안에선 곰팡내가 났다. 어머니의 손때가 묻은 물건들이며 옷가지들을 보자 울컥 울음이 터졌다. 결국 벽에 걸린 흙 묻은 바지에 얼굴을 묻고 끼룩끼룩 쥐어 짜내는 듯한 울음을 토해내고 말았다. 함께 간 둘째 여동생도 눈이 벌겋도록 울었다.

우리가 가는 날이면 갖은 반찬을 다 해놓고 기다리시던 어머니. 이것저것 준비해놓고 먹어라, 먹어라, 하시던 어머니. 밭고랑에 계시다가 "아이구 너 왔냐?" 하시며 함박꽃처럼 웃으시던 어머니. (이 글을 쓰는 동안에도 솟구친 눈물을 닦는다.) 집안 어느 구석을 둘러봐도 가슴 아픈 흔적들뿐이었다.

냉동실엔 우리들이 사다드린 닭고기며 돼지고기들이 그대로 있었다. 자식들 먹이려고 빚어서 얼려두신 만두, 쌀가루, 생선들을 보자 가슴을 후벼 파 내는 듯 아팠다. 아껴두고 입지 않으신 새 옷들, 생신 때 조카가 사다드린 로션도 뜯지 않은 채 그대로였다. 눈에 띄는 것마다 내겐 견딜 수 없는 슬픔이었다.

동생과 같이 밭으로 나가 남아 있는 동부와 팥, 녹두의 꼬투리를 따고 끝물인 애호박 몇 개, 들깻잎도 한 바구니를 따서 담았다. 말라버린 옥수수는 껍질을 벗겨서 마루에다 펼쳐놓았다. 다섯 접 가량 될 것 같았다. 어머니도 올해를 마지막 농사로 여기셨는지 정말 많이도 심어놓으셨다.

다음 주 쯤엔 밤 아람도 벌어질 것 같고 고구마도 캐야 할 것 같다. 간병 가는 날을 조정해서 동생들이랑 또 와야겠다는 생각을 하며 집 안 청소를 하고 가져올 것들을 대강 정리해서 밖으로 나왔다.

뜨락에 서니 쓸쓸하기 그지없다. 어머니가 계시지 않은 빈 뜨락엔 어느새 잡초가 자리 잡고 있었다.

늦은 밤, 불현듯 어머니가 그리워 집으로 가지 않고 지친 몸을 끌고 병원으로 향했다. 병실에 들어서자마자 날로 야위어 가는 어머니께 다가가 "어머니! 저 일동에 갔다 왔어요! 팥이랑 녹두랑 아주 잘 됐어요. 고추도 많이 따 왔어요." 했더니 눈을 번쩍 뜨셨다. 그러고는 내 등을 토닥토닥 두드려주시며 좋아하셨다.

그러시던 어머니가 갑자기 소리 내어 우셨다. 어찌 그곳이 그립지 않으시랴! 그런 어머니를 품에 안고 함께 울었다.

어머니가 계시지 않은 그곳의 빈 뜨락, 이제 내 가슴 속엔 '그 가을의 뜨락'이 자리 잡아 오래 오래 기억될 것이다.

「사1)과 이평의 어머니들을 위하여」, 3°×28cm, 돌 위에 유리, 1999

아, 어머니!

어머니가 병상에 누운 지 만 10개월째로 접어들었다. 처음 의사는 길어야 6개월 정도 사실 거라고 말했다. 하지만 이제 어머니는 전보다 훨씬 맑은 정신으로, 비록 어눌한 발음이긴 하나 딱 맞는 말씀으로 우리를 깜짝깜짝 놀라게 하셨다.

며칠 전에는 외손자 내외가 백일 지난 증손자를 데리고 왔는데, 만져보시라고 하니까 손자며느리가 싫어할 거라며 사양하셨다는 것이다. 그러다 손자며느리가 괜찮다고 말씀드리고 나서야 애기 발을 가만가만 주무르시며 그렇게 좋아하셨단다.

한번은 "홍영녀(어머니 성함) 씨가 누구냐." 하고 물었더니 "웬수 바가지지 누군 누구야!" 하셔서 한참 웃었다. 자식들 고생시키니까 스스로를 웬수 바가지라고 하시는 것이다. 웃다 보니 코허리가 시큰해졌다.

올케와 딸 넷이 번갈아 병원을 다니며 어머니 좋아하시는 걸 해다드리니 밥 반 공기를 넘게 드시기도 했다. 팔 운동을 시켜드리려고 천장에다가 풍선을 매달아놓고 파리채를 손에 쥐어드리며 풍선을 열 번만 치시라고 했더니, 한 번 치시다가 말고는 "내가 이거 칠 시간 있으면 배추 열 포기를 심겠다."고 하시며 파리채를 내 던지셨다.

또 어떤 날은 낮에 주무시곤 밤잠을 주무시지 않으셨다. 그러니 나도 같이 날밤을 새울 수밖에 없었다. 어머니가 자꾸 말씀을 하시니 대꾸를 해드려야 했기 때문이다.

허리도 아프고 피곤해서 방바닥에 담요를 깔고 누웠다가 잠깐 잠이 들었는데 "석교야!"(석교는 내 큰아들 이름이다) 하고 부르시는 소리가 들렸다. 너무 피곤해서 천근같은 몸을 일으켜 어머니를 들여다보니 어머니가 나랑 눈을 맞추시고는 천진한 어린아이처럼 환히 웃으셨다. 그런 어머니를 끌어안고 "엄마, 난 엄마가 있어서 너무 좋아!" 했더니 "난 네가 전부야!" 하시는 거였다.

아, 어, 머, 니.

어머니 가슴에 얼굴을 묻으니 어머니 옷깃이 젖었다.

어느 날은 점심을 먹여드리다가 숟가락질을 직접 해보시라고 숟가락을 쥐어드렸다. 팔이 저만치 서투르게 빙 돌아서 숟가락이 겨우 입으로 들어갔다. 밥숟가락이 입 안으로 들어가는 순간 동생이 큰 소리로 "아이구, 우리 어머니 만수무강하시겠네!" 하는 바람에 다 같이 웃었다.

어머니는 왼팔을 전혀 쓰지 못하셨다. 왼쪽은 팔과 다리, 혀까지 모두 굳었다. 밥도 애기처럼 다 먹여드려야 했고, 시간마다 기저귀도 갈아드렸다. 그렇게나마 팔을 움직이시는 것만도 다행한 일이었다.

밥 한 공기를 쇠고기 미역국에 말아 맛있게 거의 다 드시더니 "하느님께 감사한다. 난 이제 죽어도 아무런 한이 없다."고 하신 적도 있다. 종교가 없으신 어머니가 요즘은 하느님께 감사하다는 말씀을 자주 하신다.

어느 날은 갑자기 울음을 터뜨리셨다.

"너희들한테 너무 미안해. 느들 고생이 너무 많아. 빨리 죽어지지는 않고 어쩌면 좋으냐?" 하시는 것이었다.

그럴 때면 어머니를 품에 안고 아기 잠재우듯 토닥토닥 두드려드릴 뿐이었다.

"엄마!" 하고 부르면 따뜻한 손으로 맞잡아주시던 어머니.

어머니 가신 뒤에도 그 온기만은 남아 한없는 그리움을 달래준다.

지 똥구멍 구리다고 잘라버리랴

나는 육남매의 맏이다. 아래로 남동생이 둘, 여동생이 셋이다. 육남매가 제각각 떨어져 살고 있지만 한 달에 한 번씩 여행을 떠나거나 산행을 한다. 남들은 우리 육남매더러 우애들이 너무 좋다며 부러워들 하지만, 사람 사는 데 어떻게 다툼이 없으랴. 티격태격 다툴 때도 많다.

내가 잘못할 때도 있고 동생들이 잘못 할 때도 있다.

또 동생들끼리 오해가 생겨 싸울 때도 있다.

한번은 네 자매가 모여서 영화를 같이 보고 점심을 먹었다. 식사 중에 막내 목걸이를 보니 빛이 나지 않았다. 그 목걸이 살 때 같이 백화점에 갔었는데, 그때는 반짝 반짝 빛이 나던 목걸이가 지금은 반짝임이 덜했다. 그래서 무심히 "애, 그 목걸이 빛이 바랬는지 덜 반짝인다." 하고 말했다. 그런데 며칠 후, 일동 어머니께 갔더니 "넌 왜 막내한테 그런 소릴 했냐? 빛이 나던 안 나던 그런 소릴 뭐하러 해?" 하시며 나무라셨다.

전혀 나쁜 뜻으로 한 말이 아닌데 그걸 엄마한테까지 와서 이르다니 너무 화가 났다. 이래저래 언짢아서 마음이 꼬부장해져 가지고 막내를 대했다.

그러나 생각해보면 동생이 얼마든지 그럴 수 있었다. 입장을 바꿔놓고 생각하니 내가 몸에 지닌 걸 누가 그렇게 말한다면 기분 상할 수 있을 것 같았다.

어쩌다 이런저런 일들로 동생들의 오해를 받고, 내 의도는 그렇지 않은데도 토라져 있는 걸 보면 너무 속상하다. 내 딴엔 잘한답시고 하는데도 돌아오는 게 섭섭하다는 반응일 때는 나도 모르게 어머니께 가서 하소연을 하게 되었다. 그럴 때면 어머니는 "나도 십남매의 맏이라서 구설만 듣고 살았다. 그렇지만 지 똥구멍 구리다고 잘라버리겠니?" 하셨다. 어머니의 그 말씀은 상스럽게 들리긴 해도 그런 진리가 없다.

아무리 잘못했더라도 한배 속에서 나온 혈육인데 감싸고 이해하며 살 일이다.

어머니가 3년 가까이 누워 계시는 동안에도 형제간에 다툼이 어찌 없었겠는가. 매주 서울을 오르내리며 간병을 하려니 모두 지치고 힘들었다.

간병하는 딸들이 모두 나이가 많으니 건강들도 시원치 않았다. 더구나 나를 비롯해서 여동생들이 어머니께 가서 1박 2일씩 간병을 하니, 그동안은 나이 많은 남편들이 몇 끼를 손수 해 먹어야 하는 상황이 되었다. 결국 어머니를 요양병원으로 모시자는 의견이 나오기도 했다. 하지만 도저히 어머니를 요양병원에 모실 수는 없었다.

요양원에서는 한 방에 대개 5~6명의 환자를 함께 두는데, 달린 간병인이 한 명뿐이다.

어머니 같은 경우는 매 시간마다 기저귀를 갈아드리고 밥도 먹여드려야 했다. 혀도 굳으신 어머니가 밥 반 공기를 드시는 데는 거의 한 시간이 걸렸다. 뿐만 아니라 너무 장기간 누워만 계시니 욕창이 가장 겁이 나서 매시간 왼쪽으로 눕혀드렸다가 오른쪽으로 눕혀드렸다 해야 되는데, 간병인이 우리 어머니께만 매달려줄 수 없는 건 당연한 일이었다.

형제들 간에 어머니를 요양병원으로 모셔야 한다, 그건 절대 안 된다, 라는 의견이 맞섰다. 그래서 맏이인 내가 나서서 결정을 내렸다.

"옛말에 긴 병에 효자 없다는 말이 있는데, 얼마나 힘들면 그런 말이 나왔겠니? 힘든 거 안다. 나도 힘들다. 그렇지만 우리 힘들어도 3년만 채워보고 그때 가서 다시 생각해보자."

다행히 동생들이 금방 마음을 돌려 따라주었다.

어머니는 병상에 누우신지 2년 8개월 만에 돌아가셨다.

어머니를 염하고 나서 염을 한 분이 우리들에게 '어머니께 다짐'을 하라고 했다. 우리들 육남매는 손에 손을 얹고 어머니 시신 앞에서 "어머니, 걱정하지 마세요. 우리 모두 우애 좋게 지낼게요." 하며 맹세를 했다.

삼우제를 지내던 날, 산소 앞에서 작은 남동생이 말했다.

"싸우더라도 자주 만나야지, 그까짓 거 안 만나면 되지, 하는 게 젤 나빠."

그러면서 동생은 어머니 가신 뒤라도 자주 만나자고 했다.

아무리 누워만 계셨어도 어머니가 우리 육남매의 구심점이 되었는데, 어머니 가시고 안 계시니 맏이인 내 어깨가 무겁다.

암탉이 병아리 품듯 동생들을 보듬어 안아줘야 할 텐데 내 그릇이 크지 못하고 오히려 '벌컥증' 있으니, 아마 앞으로 동생들이 언니, 오빠 노릇을 할지도 모르겠다.

하지만 이것 하나만은 분명하다. 그 어떤 일이 있더라도 어머니가 가르쳐주셨듯이 "지 똥구멍 구리다고 잘라버리는 일"은 없을 것이다.

엄마, 또 올게요

새벽녘에 어머니 울음소리에 놀라 잠이 깼다.

졸린 눈을 비비고 침대로 가서 어머니를 들여다봤다.

"엄마, 왜 울어요?"

"나 어떡해!"

"뭐가요?"

"나 올해도 안 죽나 봐. 느들 힘들어서 어쩌면 좋아. 이게 뭐야!"

나는 어머니를 가슴에 끌어안았다.

"괜찮아요, 엄마! 우리들 모두 엄마가 계셔서 너무 좋아요!"

어머니가 도리질을 치셨다.

"엄마, 우리 모두 엄마 사랑해요. 아무 걱정하지 말아요."

자꾸 우셔서 마당에서 농익은 감을 따다가 숟가락으로 떠먹여드렸다.

감을 드시느라고 울음을 멈추신 어머니가 느닷없이 말씀하셨다.

"아버지도 갖다 드려라!"

"엄마, 아버진 돌아가셨잖아요."

잠시 가만히 계시더니 역정을 내시며 대답하셨다.

"돌아가시긴 뭐가 돌아가셔! 그 인간이 혼자서 얄밉게 빨리 죽었지! 그렇게 빨리 가는 인간이 어딨어?"

원망하는 듯 말씀하셨지만 그 말에서 아버지를 향한 그리움이 가득 묻어났다.

아버지가 돌아가신 후, 어머니는 일기장에 이렇게 쓰셨다.

겨울밤에 내리는 눈은 그대 안부.

혼자 누운 들창 밑에

건강하냐 잘 지내냐 묻는 소리.

그대 안부.

감을 한 개 다 드시더니 잠시 후, 약기운 때문인지 다시 잠이 드셨다.

신발을 찾아 신으려고 신발장을 여니 어머니 단화가 보얗게

먼지를 쓰고 있다. 먼지를 닦아 제자리에 넣다가 다시는 신으
실 일 없다는 생각에 목이 멨다.

문을 열고 뜰로 나서니 간밤에 내린 비에 마당 가득 감나무
잎이 떨어졌다. 빗자루로 쓸려다가 그만뒀다.

아까워서.

지난해 봄, 저 감나무 아래서 육남매가 모여 간장을 달이고
고기를 구워 먹었었다. 여동생 농담에 모두 웃고 어머니도 웃
으셨다. 웃음소리는 쟁쟁하게 들리는 듯한데 사방을 둘러보니
아무도 없다.

집 없는 길 고양이가 발 앞에서 얼씬거린다.

깜짝깜짝 놀랄 만큼 세월은 쏜살같이 내빼는데, 변화나 죽
음 앞에 순응하지 못하고 왜 이리 당황하는지. 주름진 눈가에
어린 물기를 검버섯 낀 손등으로 닦는다.

아버지가 만드셨던 저 투박한 나무 의자에는 아직도 온기가
남았을 듯싶다.

이틀 동안의 어머니 간병을 마치고 어머니께 인사를 드렸다.

"엄마, 금요일 날 또 올게요!"

"그래, 내 주머니에서 돈 꺼내서 석교 아범 뭣 좀 사다줘라."

　정신이 맑았다 흐렸다 하시는 어머니. 어머니의 기억은 지금도 가끔씩 내가 어렵던 시절로 돌아가신다.

　"날씨가 추워지는데 집은 구했냐?"

　"몇 끼나 굶고 다닌 거야?"

　어찌하여 내 삶이 버겁던 시절만 기억하시는지, 나는 평생 어머니 가슴에 난 대못이었다.

　지나 온 길을 되돌아보니 구절양장이 따로 없다. 삶의 구비마다 눈물 자국이다. 그런 딸 지켜보며 흘리신 눈물이 얼마일지.

　이불깃을 여며 드리고 친정집을 나서려니 가슴이 시리다.

　지친 몸보다 가슴이 먼저 아프다.

진달래꽃 필 무렵 가신 어머니

지난 3월 31일 오후 1시 55분, 어머니가 2년 8개월여의 와병 끝에 세상을 떠나셨다.

그날 아침, 동생의 다급한 전화를 받고 나는 서둘러 집을 나섰다. 지하철역까지 택시를 타고 가면서도 그새 운명하실까봐 안절부절못했다.

전철을 타고 앉아 두 손을 모으고 애타게 빌었다.

"엄마! 기다려! 나 갈 때까지 기다려야 해!"

옆에 앉은 사람이 흘끗흘끗 바라볼 정도로 눈물을 흘리며 빌고 또 빌었다. 어머니 임종을 못 볼 것만 같아서 조마조마했다. 입술은 바작바작 타 들어가는데, 전철은 거북이걸음처럼 느리게만 느껴졌다.

병원이 있는 석계역에 내리자마자 계단을 어떻게 뛰어 내려갔는지 모른다. 건널목에서는 교통신호가 채 바뀌기도 전에 길을 뛰어 건넜다. 병원에 도착해서 엘리베이터가 내려오는 동안도 발을 동동 굴렀다.

어머니 병실로 뛰어 들어가니 모두들 어머니 곁을 지키고 있었다. 들어가자마자 어머니 귓가에 대고 "엄마! 저 왔어요! 석교 어미 왔다고요!" 했더니, 아~, 어머니가 힘겹게 눈을 뜨셨다. 그리고 "어~어!" 소리만 내셨다. 코와 입에 호스가 주렁주렁 매달려 있고, 이미 혀가 굳어서 한마디도 못하는 어머니의 마지막 대답이었다.

나는 어머니 손을 잡고 "엄마, 이제 봄이에요. 꽃도 폈다고요." 하며 눈물을 펑펑 쏟았다. 그전부터 어머니는 "난 봄에 죽었으면 좋겠다."고 늘 말씀하셨다.

어머니 곁에는 맥박 수, 혈압, 산소량, 호흡수를 나타내는 기계가 있는데, 맥박수치가 60이하로 떨어지면 간호사실로 빨리 연락하라고 했단다. 나중에 들으니, 어머니가 힘겹게 눈을 뜨고 둘러보실 때마다 동생이 "엄마, 언니 지금 오는 중이에요." 하면 내려갔던 맥박 수치가 금방 다시 올라갔다고 한다. 사경을 헤매면서도 이 딸을 기다려주신 것이다.

어머니는 우리 육남매와 사위, 며느리, 그리고 손자들까지 빠짐없이 지켜보는 가운데 운명하셨다. 고통에서 놓여나신 어머니 모습은 너무나 편안해 보였다.

2008년 7월 19일, 넘어지면서 관절뼈가 부서져 대수술을 받은 후, 뇌경색으로 돌아가시기까지 약 2년 8개월을 고생하셨다. 얼마나 고통스러워 하셨는지 모른다.

아흔여섯의 어머니가 "엄마, 나 어떡해! 너무 아파!" 하시며 돌아가신 외할머니를 찾으시던 밤, 일흔두 살의 딸은 속수무책으로 지켜볼 수밖에 없었다.

'엄마'란 이름은 아흔여섯의 할머니도 애타게 찾는 영원한 그리움이다.

며칠 전, 친정에 다녀왔다. 뜨락엔 복숭아꽃이 화사한데 집 안은 쓸쓸하기만 했다. 어머니 방문을 여니 빈방에 영정 사진만 덩그러니 놓여 있었다. 어머니가 누워 계시던 빈 침대를 손으로 쓸어보니 찬 기운만 느껴졌다.

어머니가 타시던 휠체어, 어머니가 입으시던 잠옷 등을 하나하나 쓸어봤다. 사진첩을 들춰 보니 칠십대의 어머니가 과꽃을 만지며 웃는 듯 마는 듯한 표정으로 앉아 계신다. 참 곱다. 한참을 들여다보니 어느새 사진 속 어머니가 흐려졌다.

마당으로 나서니, 어머니가 우리 육남매에게 간장 된장 고추장을 담가주시던 장독대가 먼지를 쓴 채 마음을 아프게 했다.

어머니가 돌아가신 후, 여동생 셋과 함께 매주 강화도에 있는 산소에 간다. 산소에 갈 땐 사과, 배, 곶감과 밤, 대추와 인절미, 그리고 어머니 좋아하시는 커피를 가져간다.

어제도 산소에 다녀왔다. 어버이 날 전이라서 카네이션 화분과 가슴에 다는 카네이션 두 개를 가져갔다.

아버지와 어머니를 합장한 무덤 위엔 봄볕이 내려쬐고 있었다.

"엄마! 저 왔어요!"

아무런 대답도 없다.

"엄마, 저 와서 좋아요? 좋으시면 바람으로라도 오셔서 저 진달래 꽃잎 좀 흔들어보세요."

무덤 앞에 심은 진달래를 보니 대답이라도 하는 듯 바람에 살랑인다. 그것만으로도 위로가 된다. 어머니가 환히 웃으며 "바쁜데 어떻게 왔어?" 하는 음성이 들리는 듯했다.

사무치게 보고 싶어도 볼 수 없고, 못 견디게 만져보고 싶어도 만질 수 없고, 아무리 큰 소리로 불러봐도 엄마란 이름은 허공만 맴돌 뿐이다. 죽음이란 이런 것이다.

가져간 카네이션 두 송이를 마치 두 분 가슴에 달아드리듯 무덤 위에 꽂았다. 화분의 카네이션도 꺼내 무덤 앞에 심었다.

고즈넉한 산속에 마냥 앉았다가 자리를 접고 일어섰다.

무덤을 손으로 어루만지며 말했다.

"엄마! 또 올게."

그 말은 친정 갔다가 돌아올 때마다 늘 하던 말이다. 차마 어머니 홀로 두고 떠나오기가 힘들 때, 떨어지지 않는 발걸음으로 겨우 한마디 하던 것을 이제 어머니 산소에 다녀가며 하는 말이 되었다. 평생을 '또 온다.'는 말에 매달려 자식을 기다리다 가신 어머니, 어머니가 그러셨다.

"난 네가 오기 전날부터 시계를 보며, 모레 이 시간이면 네가 갈 시간이구나, 하고 생각한단다."

자식이 오기도 전에 갈 시간을 섭섭해 하던 어머니.

아, 나는 왜 그렇게 딸 노릇에 서툴렀을까! 생각해보면 아주 쉽고 아주 작은 일들을 하지 못했다. 전화라도 자주 해드렸더라면, 엄마 곁에서 하룻밤만 더 묵었더라면, 엄마와 자주 시장을 보러 갔더라면, 연세는 드셨어도 곱게 꾸미시라고 분첩하나 사드렸더라면…… 그랬다면 엄마가 얼마나 기뻐하셨을까.

때늦은 후회로 가슴을 친다.

2011년 5월
황안나

1986년, 어머니의 일기

1986년 1월 2일

석교가 군인 나간다고 찾아왔다.

"할머니, 절 받으세요." 하고 절을 하는데 흐르는 눈물을 금할 수가 없었다. 할머니라고 용돈 한번 제대로 못 주고 양말한 짝 못 사주었으니, 모든 것이 다 걸리기만 한다. 아무리 마음은 있어도 워낙 없어 놓으니 다 소용이 없다. 돈이 있어야 사람 노릇도 제대로 한다.

석교 어미 마음이 얼마나 아플까 생각하니 불쌍하기 짝이 없다. 남들처럼 호강도 못 시킨 자식을 이 추운 겨울에 군대에 보내는 심정이 오죽 쓰라리겠나.

그저 몸 건강히 제대해 돌아오기만을 빌고 또 빈다. 올 겨울엔 강추위나 없었으면 좋겠다.

1986년 1월 3일

인찬 아범이 다녀갔다. 참으로 반가웠다.

그러나 몸이 아프니 내 마음에 흐뭇하게 음식 하나 제대로 해 먹이지 못해 마음이 괴로웠다.

돌아가는 모습을 보니 서운하기 짝이 없었다.

1986년 1월 4일

인천 일림이네 내외가 찾아와서 반가웠다. 그리고 그날로 갔다. 돈 2만 원을 주고 갔는데, 나는 손 내밀며 받기만 하고 내가 쥐어 보낼 것은 없었다.

미안하다. 사람이 사람 노릇을 못 하니 괴롭기만 하다.

1986년 1월 6일

인성 아범이 다녀갔다.

빵을 사 와서 잘 먹었다. 돈도 5만 원씩이나 주었다. 저도 돈에 타격을 받아서 구두도 싸구려만 사 신었던데, 나한테는 이렇게 해주니 마음이 아팠다.

방학인데 인성이를 좀 데리고 오지 아범 혼자 와서 서운했다.

1986년 1월 7일 ··

수빈 엄마, 미안하다.

마음도 심난할 텐데 병든 엄마 생각해서 밤에 간식하라고 귤 한 상자를 사 왔다. 긴 병에 효자 없다는데 조석마다 반찬 걱정하며 엄마를 돌보니 허구한 날 미안하구나.

내 몸이 괴로우니까 나도 모르게 날마다 신경질만 내고 정말 미안하다.

1986년 1월 9일 ··

묘화가 와서 3일 만에 갔다.

그 애가 가고 나니 집 안이 텅 빈 것 같고 가슴속도 휑하다.

1986년 1월 10일

석교 엄마가 일주일에 두세 번씩은 찾아온다.

심청이가 우리 딸보다 더 할까.

참으로 착하다.

1986년 1월 16일

수빈 엄마가 딱하고 불쌍하다.

병든 어미 수발드느라 얼마나 힘이 들까. 거기다 대고 신경
질만 내는 이유를 나도 모르겠다. 미안하다.

1986년 1월 17일

나는 참 주책이다. 제정신이 아니었나 보다.

석교 엄마가 털 스웨터를 해준다는 걸 왜 말리지 않았을까.
저 살기에도 힘이 부치는데 말이다. 미안하고 얼굴이 뜨겁다.

1986년 1월 20일

상민 엄마와 명화가 다녀갔다. 얼마나 반갑고 기뻤는지 몸
조차 괴로운줄 몰랐고 시간이 원수였다.

1986년 1월 21일

석교 아범 생일날, 상민 아빠와 상민 엄마가 휘경동 가자고
해서 갔는데, 불도 안 땐 냉방에서 민교가 이불을 두르고 앉아

있었다. 쌀통을 열어보니 쌀이 한 톨도 없었다. 그것을 본 나는 가슴이 찢어지는 것 같았다. 그러나 손에 가진 게 없었다. 흐르는 눈물을 이 손 저 손 번갈아 닦아가며 밤에 연탄 가게 가서 연탄·두 장 사고, 쌀가게 가서 쌀 두 되 사 갖고 오며 가슴이 천 갈래 만 갈래 찢어지는 듯 아팠다.

상민네가 사 간 고기도 돈으로 주지 못한 것이 후회스러웠다. 어쩌다 어쩌다 그 똑똑하고 자존심 강한 내 딸이 이 모양이 됐을까.

울어도 울어도 시원치가 않았다.

1986년 1월 25일

미운 말도 곱게 받아들이고 남의 말을 안주삼아 험담하지 말자. 남에게 훈훈한 인정을 베풀자. 남을 미워하면 그 사람도 나를 미워한다. 남을 사랑하고 우애 있게 지내면 나에게 복이 돌아온다.

1986년 1월 31일

인성이가 갔다. 어린것이 몹시 앓다 가고 나니 가슴이 쓰리다. 그저 병 없이 무탈하게 자라야 할 텐데 걱정이다. 인성 아범도 이 추운 날씨에 고생이 많겠다. 모두들 고생이라 이 걱정 저 걱정에 잠이 안 온다.

1986년 2월 5일

왕고모님이 오랜만에 오셨다.
닭을 두 마리나 사 오셔서 잘들 먹었다.
나는 자주 다니지도 못하는데 죄송하기 짝이 없다.

1986년 2월 6일

춘연이 생일인데 못가 봐서 서운하기 짝이 없다.
그래도 두 누나가 가서 섭섭함을 조금 덜었다.

1986년 2월 7일

석교 엄마가 상민 엄마하고 경동시장에 가서 설 차릴 준비를 해왔다. 설을 앞두고 할 일은 많고 몸은 아프고, 명절이 아니라 걱정덩어리다.

1986년 2월 10일 ⁓⁓⁓⁓⁓⁓⁓⁓⁓⁓⁓⁓⁓⁓⁓⁓⁓⁓⁓⁓

섣달그믐이다.

인성이네와 인찬이네가 왔다. 인성 엄마가 고기전, 녹두전 그리고 북어적, 두부적들을 다 해왔다. 인찬 엄마도 어린것들 데리고 오며 이것저것 많이 사왔다.

오래간만에 사람 사는 집 같다.

두 며느리가 고생이 많았다.

1986년 2월 12일 ⁓⁓⁓⁓⁓⁓⁓⁓⁓⁓⁓⁓⁓⁓⁓⁓⁓⁓⁓⁓

애들 아버지 제삿날이다.

상민 아빠가 제주를 사갖고 왔다.

신촌 동생은 돈 5천 원과 과일을 사갖고 왔다.

모두들 너무나 고맙다.

1986년 2월 17일 ⁓⁓⁓⁓⁓⁓⁓⁓⁓⁓⁓⁓⁓⁓⁓⁓⁓⁓⁓⁓

석교 어멈이 없는 돈에도 돼지 족발을 사 왔다.

먹기는 잘 먹었지만 석교 어멈의 가느다란 목줄기를 보니 목이 메었다.

1986년 2월 21일

오늘은 내 마음이 왜 이리도 서글픈지 모르겠다.

모든 것이 다 심난하기만 하고 살고픈 의욕이 없다. 나 때문에 식구들 모두 못할 노릇만 시키고, 정작 나는 어찌해야 좋을지 모르겠다.

어쩌다 이 몹쓸 병이 들었는가. 더 살아갈 의욕이 없다.

1986년 3월 3일

순무가 왔다. 반가웠다.

반가우면서도 내 맘 속엔 항상 미안한 마음이 지워지지 않는다. 돌이켜보면 나는 평생 누나 노릇을 해본 적이 없다. 그 어린것이 일찍이 어머니 잃고 의지할 데 없이 자랐는데도 따뜻하게 감싸주질 못했다.

마음 붙일 데 없어 차비도 없이 춘천까지 누나 보러 오면 야단만 쳤었다. 제 형수만 두둔하는 말을 하고 쫓아 보내기가 일쑤였다. 보내고 나면 어린것이 가여워 혼자 울며 가슴 아파했다.

다행히 이젠 맨주먹으로, 저 혼자 힘으로 우뚝 선 동생을 보면 참으로 기특하다. 홍씨 집안의 자랑거리다.

280

1986년 3월 10일

오늘은 춘연이가 유난히도 보고 싶다.

공장 일이 바쁜 줄 번연히 알면서도 목이 빠지게 기다려진다. 보고 싶기가 삼복더위에 목이 타는 것 같다.

몸이 성하면 내가 훌쩍 다녀오련만 꼼작 할 수 없는 몸이니 모든 것이 생각뿐이다.

오늘 따라 석교 어멈도 소식이 없다.

자식들이 기다려진다.

1986년 3월 16일

상도동 동생이 왔다.

여러 가지 과일과 잡곡, 고기, 과자를 많이 들고 왔다. 가게에 있는 것들은 몽땅 싸가지고 왔나 보다. 형 노릇도 못했는데 받아먹기만 한다. 어머니 없이 자라기는 했어도 남편 잘 만나 사니 다행이다.

그 동생은 욕심도 없이 그저 착하기만 하다.

착하기만 하니까 더 불쌍하다.

1986년 3월 20일

잠이 안 와서 앨범을 꺼내 봤다.

석교 어멈 학교 다닐 때 찍은 사진도 있고, 인성 아범 학생 때 사진도 있다. 춘연이 백일 사진을 보니 귀엽기만 하다. 젊었을 때의 가족사진을 보니 옛날이 어제만 같다.

손으로 사진들을 쓸어보려니까 지나간 세월이 못 견디게 그리워진다. 어느새 앨범 위엔 눈물이 얼룩졌다.

1986년 4월 28일

춘연아, 미안하다.

다달이 보내주는 돈 받을 때마다 마음이 아프고 면목이 없다. 부모덕이라고는 손톱만큼도 못 본 너에게 도움을 주지는 못할망정 부담만 주니 너무나 미안하다.

너야말로 피나게 맨발로 뛴 녀석이지.

너는 엄마더러 너네 집에 안 온다고 성화지만, 나는 며느리 볼 면목이 없어서 못 간다. 너는 그런 내 사정도 모르고 안 온다 하지만, 왜 자식이 사는 집에 가고 싶지 않겠니? 인찬이랑 혜림이가 눈에 삼삼하고, 그 재롱 피우는 것을 생각하면 지금 당장이라도 달려가고 싶다.

그러나 시어멈이 무슨 할 노릇을 했다고 가겠느냐.

춘연아, 엄마를 용서해다오.

1986년 5월 3일

석교, 민교야, 너희 엄마를 측은하게 여겨라. 너희 어멈은 참으로 강하다.

너희 아범은 생활력이 강하지 못하다.

그래도 너희 어멈은 의지가 강하고 대가 굳다. 너희 어멈은 어느 때 가서든지 꿋꿋이 일어서고 말거다.

공부방 하나 없다고 투정마라.

꿋꿋이 고생을 이겨내고 공부 열심히 하여라.

1986년 5월 4일

담배 한 개비에 수명이 5분씩 줄어든다고 한다.

춘연이며 상민 아빠며 수빈 아범, 일림 아범이 모두 염려가 된다.

1986년 5월 6일

광표 색시가 남매를 데리고 왔다.
광표는 색시를 잘 얻었다. 마음씨도 곱고 일도 잘한다.
과일을 사 오고 돈도 주고 갔다.
밥 한 끼 안 해 먹고 그냥 가서 서운하고 마음에 걸린다.

1986년 5월 10일

저녁에 자식들과 다정한 대화 시간을 가졌다.
마음이 한결 훈훈해진다.
생각하면 외롭지 않다 하면서도 나도 모르게 마음이 허공에
뜬 구름과 같다. 내가 전처럼 하는 일이 너무 없어서 그럴까?
한가하고 편해 그런지 고민만 많고, 오늘도 새벽 4시까지 잠
을 못 잤다.

1986년 5월 20일

나는 딸이 많아 참 행복하다.
만약 자식을 하나 둘 두었으면 어찌 하였을까. 그러나 나는
여러 남매를 두어 외롭지 않다. 그렇지 않았으면 나는 고독에

시들었을 것이다.

늙으면 대화가 많아야 고독을 이긴다.

여러 딸들이 번갈아 와서 말벗을 해주니 참으로 다행이다.

1986년 6월 16일

향숙이가 와주었다.

향숙이는 올 때마다 돈을 너무 쓰고 간다. 그 애는 인정이 넘치고 포근하고 따스한 마음씨를 가져 내 마음이 끌린다. 향숙이에 대해선 이 이모는 무엇이든 아깝지가 않다. 이 허수아비 같은 힘없는 이모한테 너무너무 잘해준다.

이모 마음이 푸근하다. 고맙다.

1986년 6월 18일

마당에 장미가 피었다.

애써 피었는데 보아주는 사람이 없어 안됐다. 감나무 그늘이 져서 허약하게 자라더니 그래도 꽃이 핀 게 대견하다.

1986년 7월 19일

인찬이가 다녀갔다. 그동안에 목마른 듯 보고 싶었다.

혜림이가 안 와서 서운했다.

인찬이는 정이 많아서 이 할머니를 잘 따른다. 얘기도 잘한다.
그렇게 지루하던 시간이 오늘은 별나게 빨리 가서 갈 시간이
되었다. 이제 가면 언제 또 오려나 생각하니 한없이 허전했다.

1986년 7월 25일

작은고모가 왔다. 작은고모도 많이 늙었다.

성격이 활달한 고모인데 늙어가는 모습을 보니 마음이 쓸쓸
하다. 자주 만나지도 못하는데 들러주면 참 고맙고 반갑다. 애
들이라도 보내야 하는데 모두들 바빠서 마음뿐이다.

작은고모 생일은 3월 18일이다.

1986년 8월 7일

인성 엄마랑 석교 엄마랑 원자력 병원에 다녀왔다. 나 때문
에 모두들 고생이 많다. 생각해보면 마음이 괴롭다.

이 병은 언제까지 끌 병인지 자식들 볼 면목이 없다.

오래 살면 몸이나 건강하다 가야지, 내 마음은 언제나 텅 빈
것 같고, 외롭고 허전한 마음, 쓸쓸한 가을 낙엽과 같다.

1986년 8월 20일

요즘엔 하루가 열흘 같다. 이 몹쓸 병마에 시달려서 괴롭기
짝이 없다. 이 모습을 누구에게 보이기도 싫다. 죽는 것도 마음
대로 못하고 여러 자식들 못할 노릇 시키니 사는 게 아니라 고
역이다. 긴 병을 앓게 되면 고독이 더 괴롭다. 긴 병 든 사람은
고독하기 마련이다. 이유도 없이 노엽고 모두가 야속하다.

1986년 9월 27일

뜸북뜸북 뜸북새 논에서 울고
뻐꾹뻐꾹 뻐꾹새 숲에서 울 제
우리 오빠 말 타고 서울 가시면
비단구두 사 가지고 오신다더니.

잠이 안 와서 공책에 적어본다.
그러고 보니 나는 제대로 아는 노래가 별로 없다.

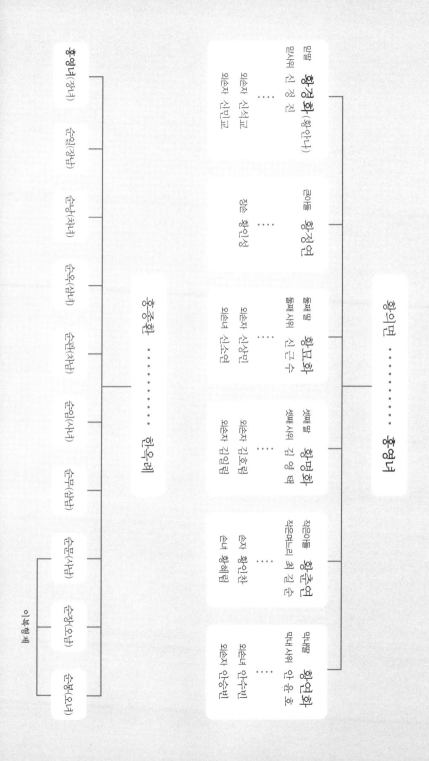

가계도

황의면 ……… 홍영녀

말딸 황경화(황인나)
맏사위 신정진
…
외손자 신석교
외손자 신민교

큰아들 황정연
…
정은 황인성
외손자 신상민
외손녀 신소연

둘째딸 황묘화
둘째 사위 신근수
…
외손자 신산민
외손녀 신소연

셋째딸 황명화
셋째 사위 김영택
…
외손자 김호림
외손자 김인림

직은아들 황중연
직은며느리 최길순
…
손자 황인찬
손녀 황혜림

막내딸 황연화
막내 사위 안웅훈
…
외손녀 안수빈
외손자 안승빈

홍종헌 ……… 한옥례

홍영녀(장녀)
순일(장남)
순남(차녀)
순옥(삼녀)
순란(차남)
순임(사녀)
순구(삼남)
순금(사남)
순장(오남)
순분(오녀)

이복형제

국립중앙도서관 출판시도서목록(CIP)

엄마, 나 또 올게 : 아흔 여섯 어머니와 일흔둘의 딸이 함께 쓴
콧등 찡한 우리들 어머니 이야기 /
지은이: 홍영녀, 황안나. ─ 고양 : 위즈덤하우스, 2011
    p. ;   cm

ISBN 978-89-92378-80-2 03810 : ₩12000

818-KDC5
895.785-DDC21   CIP2011002118

엄마, 나 또 올게

초판 1쇄 발행 2011년 6월 7일   초판 6쇄 발행 2019년 9월 19일
지은이 홍영녀 · 황안나   펴낸이 연준혁

출판 2본부 이사 이진영
출판 6분사 분사장 정낙정
책임편집 박지숙

펴낸곳 (주)위즈덤하우스 미디어그룹   출판등록 2000년 5월 23일 제13-1071호
주소 (410-380) 경기도 고양시 일산동구 장항동 846번지 센트럴프라자 6층
전화 031)936-4000   팩스 031)903-3893   홈페이지 www.wisdomhouse.co.kr

값 12,000원   ISBN 978-89-92378-80-2 03810